# Die unerträgliche Schwierigkeit des Seins

**EIN DRAMA VON SEBASTIAN TEMMEN**

Bibliografische Information der Deutschen Nationalbibliothek: Die Deutsche Nationalbibliothek verzeichnet diese Publikation in der Deutschen Nationalbibliografie; detaillierte bibliografische Daten sind im Internet über dnb.dnb.de abrufbar.


© 2019 Sebastian Temmen

Umschlaggestaltung: Colin Knorr

Herstellung und Verlag: BoD – Books on Demand, Norderstedt

ISBN: 978-3-749-42155-8

*Ein herzlicher Dank vorweg…*

*… geht an meine Frau Tanja für den ersten Entwurf des Covers und Colin Knorr für die digitale Ausarbeitung.*

*… geht an Merve, die ich schon bei der Danksagung im letzten Buch vergessen habe.*

*… geht außerdem an das Team der stationären Onkologie des Maria-Josef-Hospitals in Greven, in deren Räumlichkeiten Teile dieses Buches entstanden sind.*

# 01

Allmählich wurde der Wind stärker, der ihm um die Ohren pfiff, und ein feiner Nieselregen setzte ein, der die ohnehin schon grauen Gebäude mit dunkelgrauen Sprenkeln überzog, auf die er hinabblickte. Selbst das einst weiße Ärztehaus schräg gegenüber, dass ein optimistischer Mediziner vor einigen Jahren erbaut hatte, hatte seine Außenfarbe durch die Abgase der Straße und den Staub aus der Luft schon lange den anderen grauen Häusern der Straße angepasst. Die einzigen Farbtupfer in der Straße waren die schmucklosen Schmierereien von jugendlichen Sprayern, die ganz offensichtlich noch übten, mit ihren Dosen umzugehen.

Ronny stand auf dem Dach seines achtstöckigen Wohnhauses, welches seine Familie mit dreizehn anderen Parteien teilte. Er kam häufig hier oben hin, stellte sich an den Rand des Dachs und guckte hinab auf die Straße. Meistens malte er sich aus, wie es wäre, noch einen Schritt vorwärts zu gehen. Doch letztlich ging er nach einiger Zeit jedes Mal wieder zurück durch die aufgebrochene Tür ins Treppenhaus und stieg bis in den fünften Stock hinab. Genauso war es auch an diesem Tag. Er war schon zur Hälfte nassgeregnet, bevor er in der miefigen Trockenheit des Treppenhauses angekommen war. Langsam ging er die

Stufen herab. Es roch nach muffig-feuchten Wänden und nach verbranntem Fett.

Achter Stock. Hier wohnten zwei junge Männer. Beide schliefen für gewöhnlich, solange es draußen noch hell war, ihren Rausch aus. Wenn sie abends erwachten, zogen sie sich ihre Springerstiefel und ihre Bomberjacken an und zogen in eine nahe Kneipe, um dort Freiwild und Böhse Onkelz mitzugrölen. Er kannte die beiden aus dem Fußballstadion, aber er ließ sie in Ruhe, weil er Angst vor ihnen hatte und sie ließen ihn in Ruhe, weil er ein „anständiger Deutscher" war, wie sie einmal gesagt hatten.

Siebter Stock. Ronny hatte die Leute, die in den beiden Wohnungen hier wohnten, noch nie gesehen, aber das kümmerte ihn auch nicht. Er hatte genug eigene Probleme.

Sechster Stock. Hier kam Ronny öfter, denn hier wohnte Dr. Johannes Lehmann, einer von Ronnys wenigen Freunden. Dr. Lehmann hatte Philosophie, Jura und Soziologie studiert und konnte Ronny all die Dinge in der Welt erklären, die er nicht verstand. Ihm gegenüber wohnte eine junge Polin, die früher in der Wäscherei im Erdgeschoss gearbeitet hatte, die heute bloß noch ein leerstehendes Ladenlokal war.

Fünfter Stock. Ronny stand vor der Tür seiner Wohnung. Neben der Tür hing ein in verschiedenen Brauntönen getöpfertes Schild, auf dem ‚Ronny & Romana' stand. Romana hieß eigentlich Ramona und war seine Frau. Das Schild hatte ihr Sohn Kevin-Ricardo in der ersten Klasse gemacht und sie hatten es trotz des Fehlers aufgehängt. Ronny hatte seinen Sohn damals von der Schule abgeholt, als der stolz das Schild mit nach Hause gebracht hatte, und hatte den Fehler sofort bemerkt. Aber er hatte zuerst nichts gesagt, denn er wollte abwarten, ob seiner Frau der Fehler überhaupt auffiel. Eigentlich konnte sie nicht lesen, aber für ihren Namen hatte es dann schließlich doch gereicht. Trotzdem hatten sie das Schild angebracht und der kleine Kevin-Ricardo war schrecklich stolz gewesen.

Nun zog Ronny seine schweren Arbeitsschuhe aus und warf sie achtlos in die Ecke neben der Tür, die ihnen als Schuhlager diente. Aus seinem schmutzigen Blaumann zog er den Hausschlüssel, seufzte tief und öffnete die Tür. Durch die offene Tür drang ihm sofort das laute Quäken der Stimmen aus dem Fernseher entgegen, durchmischt mit der Stimme der Märchenhörspiele von Svenja-Chantal, seiner Tochter. Zumindest hoffte er, dass sie wirklich seine Tochter war, aber ganz sicher war er sich nicht. Aber wie sicher konnte man als Mann schon sein? Nur eine Mutter kennt den Vater ihrer Kinder.

Er betrat die Wohnung.

„Bin zuhause.", rief er halbherzig in den Flur.

Wie jeden Tag geschah daraufhin gar nichts. Auf dem Weg durch den Flur in die Küche blickte er in die Kinderzimmer. Seine beiden Kinder waren im Zimmer seines Sohnes und kämpfen miteinander um einen Spielzeugpanzer. Missmutig ging Ronny weiter. Als er am Wohnzimmer vorbeikam, sah er Ramona auf dem Sofa sitzen und fernsehen. Er streckte den Kopf durch die Tür.

„Bin zuhause.", sagte er erneut.

Ramona brummte nur, wandte den Blick aber nicht vom Fernseher ab. Er ging weiter in die Küche und nahm ein Bier aus dem vergilbten Kühlschrank. Der Küchentisch hatte schon so viele Macken vom Öffnen der Flaschen seiner Feierabendbiere, dass es auf eine weitere auch nicht mehr ankommen würde. Genüsslich trank er den ersten großen Schluck aus der Flasche.

Das Geschrei aus dem Zimmer seines Sohnes wurde lauter.

„Ruhe!", brüllte Ramona aus dem Wohnzimmer und stellte den Fernseher noch lauter.

Ronny setzte sich an den Küchentisch, schob mit dem Arm das Geschirr vom Mittagessen beiseite und steckte sich eine Zigarette an. Sein Blick fiel auf den Kalender an der Wand. Welcher Wochentag war heute? Donnerstag, wenn er dem Kalender trauen durfte. Er hatte längst sein Gefühl für Wochentage verloren. Für ihn gab es nur Arbeitstage und Sonntage.

Ronny arbeitete für eine Zeitarbeitsfirma. Im Moment war er in einem Versandhaus in der nächsten Stadt eingesetzt und musste sich dort um den Verpackungsmüll kümmern. Seine Kollegen nahmen die Pakete an, packten sie aus und warfen den Müll auf eine Sammelstelle. Er holte ihn dort ab, nahm ihn mit zu den Müllcontainern und trennte und zerkleinerte ihn dort.

Das war eine der dämlichsten Tätigkeiten, die er sich vorstellen konnte, aber sie war besser als seine letzte. Dort hatte er jeweils zwei Schrauben in eine kleine Tüte verpackt, die Tüte verschlossen und sie zusammen mit neunundneunzig anderen in ein Paket geworfen. Sieben Stunden am Tag, sechs Tage pro Woche. Insgesamt hatte er das drei Jahre und vier Monate lang gemacht. Brutto bekam er den Mindestlohn von 8,50€ pro Stunde. Davon blieben ihm netto 6,50€ pro Stunde übrig, wovon er auch noch sein Monatsticket für den Bus bezahlen musste. Seine Frau Ramona bekam Hartz IV. Nach Miete, Versicherungen, Telefon und Busticket blieben ihnen inklusive Kindergeld noch knapp 300€ pro Monat übrig. Zum Leben zu wenig und zum Sterben zu viel.

Die Arbeit war für Ronny äußerst anstrengend, trotzdem wusste er es zu schätzen, dass er zuhause rauskam. Früher war er für einige Monate arbeitslos gewesen und fast täglich hatten Ramona und er sich heftig gestritten. Wenn er nun nach Hause kam, war er zu müde zum Streiten. Inzwischen hatte er sein Bier ausgetrunken und er schlich erschöpft zum Kühlschrank, um ein weiteres zu holen. Keines mehr da.

„Schatz, haben wir noch Bier?", schrie er laut in Richtung Wohnzimmer, um den Fernseher zu übertönen.

„Keine Ahnung. Guck in den Kühlschrank!", brüllte seine Frau zurück.

„Da ist keins." – „Tja, dann nicht."

Dieser Dialog wiederholte sich mindestens einmal in der Woche. Seit der Aufzug kaputt war, ging Ramona nur noch dann einkaufen, wenn es gar nicht mehr anders ging. Sie verließ die Wohnung ohnehin kaum noch. Die Kinder gingen mittlerweile alleine zur Schule und alle Aktivitäten außer Fernsehen hatte sie schon lange aufgegeben. Manchmal bekam sie Besuch von einer Freundin, Mandy, die im zweiten Stock wohnte und dort in ihrer Wohnung als Nutte arbeitete. Aber Ramona ging nie zu ihr runter. Das konnte man ihr inzwischen auch ansehen. Sie war nie schlank, sondern immer schon recht mollig gewesen, aber mittlerweile fand Ronny sie richtig fett. Ihre tief ausgeschnittenen, deutlich zu engen alten T-Shirts unterstrichen ihr Doppelkinn noch zusätzlich und gaben zwischen Shirt und Hose einen Blick auf einige wulstige Rollen von Haut frei.

Geliebt hatte er sie nie. Sie hatten sich auf einer Party anlässlich des Aufstiegs des örtlichen Fußballvereins in die dritte Liga kennengelernt und waren an dem Abend volltrunken zusammen in eine Gasse nahe des Stadions verschwunden. Ronny konnte sich an die Nacht nicht mehr erinnern, aber einige Monate später hatte sie mit deutlich gerundetem Bauch vor seiner Tür gestanden. Kurz vor der Geburt waren sie zusammengezogen, damit das Kind bei seinen Eltern aufwachsen konnte.

Ronny selbst wusste, wie es anders war. Seine Mutter war abgehauen, als er noch ein kleiner Junge gewesen war. Genauer gesagt war sie aus den verspäteten Flitterwochen mit seinem Vater nicht mehr zurückgekommen, denn sie hatte dort einen marokkanischen Scheich kennengelernt und war bei ihm geblieben. So hatte er ohne seine Mutter aufwachsen müssen und als nun der kleine Kevin-Ricardo unterwegs gewesen war, hatte er gewollt, dass der es besser hätte.

Deshalb hatten Ramona und er sich eine Wohnung gesucht und schließlich auf Anraten von Ramonas Eltern sogar geheiratet, um die Sache mit dem Sorgerecht nicht unnötig komplizierter zu machen. Er und Ramona waren ein Zweckbündnis zum Wohl des kleinen Kevin-Ricardo eingegangen, aber mit Liebe hatte das nichts zu tun. Daran hatte sich auch später nichts geändert, als Kevin älter wurde. Manchmal waren Ramona und Ronny im Bett gelandet, wenn beide volltrunken waren, aber mehr hatte es zwischen ihnen nicht gegeben. In einer dieser Nächte war auch Svenja-Chantal gezeugt worden – zumindest behauptete Ramona das. Ronny war sich da nicht so sicher, aber er hatte sich letztlich gefügt. Da sie ohnehin zusammen lebten, kam es ihm auf ein Kind mehr nicht an.

Nachdem er aus seiner Arbeitstasche die Brotdose herausgekramt hatte, setzte er sich neben Ramona auf ihr Sofa. Sein Vater hatte es ihnen zum Einzug geschenkt. Es war damals noch leuchtend rot, bot viel

Platz und war sehr bequem. Sie waren beide sehr stolz darauf, ein so schönes Sofa in ihrer Wohnung zu haben. Das war viele Jahre her.

Mittlerweile hatte das Sofa eher einen ockerfarbenen Ton angenommen, gesprenkelt mit Flecken in verschiedenen Farben und Löchern in unterschiedlichen Größen.

Ronny nahm die letzte Stulle aus der Dose, die er morgens noch nicht verspeist hatte, und biss eine Ecke heraus. Er verzog das Gesicht. Als er das Brot heute Morgen geschmiert hatte, war die Kruste noch knusprig und das Innere weich. Jetzt war es gewissermaßen umgekehrt. Die Kruste war nun zäh und das Innere des Brotes angetrocknet. Einzig der süße Geschmack der Erdbeermarmelade zwischen den Hälften der Brotscheibe sorgte dafür, dass er darüber hinwegsehen konnte. Mühsam kaute er die Kruste ab und vertilgte die Stulle schließlich ganz. Dann zog er aus seiner Tasche ein Klatschblatt und warf es vor Ramona auf den Wohnzimmertisch.

„Hier, hab ich dir mitgebracht." – „Hm."

Ihre Antwort kam tonlos und ohne einen Blick darauf zu werfen. Ronny blickte zum Fernseher. Werbung. Eine Singlebörse aus dem Internet suchte nach weiteren Mitgliedern. Alle paar Minuten verliebte sich dort angeblich ein Single. Das hatte er auch schon versucht. Er hatte sogar Geld dafür bezahlt, hatte dann ein Profil erstellt und gewartet. Erfolglos. Es reichte nun mal nicht aus, wenn sich nur ein Single verliebte – mindestens zwei mussten es schon sein.

Nächster Spot. Werbung für das Klatschmagazin, das er seiner Frau mitgebracht hatte.

Nächster Spot. Ein Baumarkt bemühte sich, seine Kunden für neue Projekte zu begeistern.

Nun folgte noch eine Werbung für eine Serie am Abend, bei der einige wild aussehende Köche mit auffallend gleichartigen Bärten in ein marodes Lokal gebracht wurden, um es in wenigen Tagen auf Vordermann zu bringen.

Danach wurde die Sendung fortgesetzt, die Ramona sich tagtäglich ansah. Die Handlung war letztlich immer gleich. Irgendeine asoziale Familie durchlebte irgendwelche asozialen Probleme. Meistens gab es dabei viel Geschrei, mit dem die schlechten Schauspieler ihre unterirdische Leistung überspielten. Ronny wusste, dass viele Leute sich diese Sendungen ansahen. Warum bloß? Er nahm sich vor, Dr. Lehmann bei Gelegenheit danach zu fragen. Dann stand er auf und ging ins Zimmer seines Sohnes.

Dort hatte der Streit um den Panzer offenbar ein Ende gefunden, denn die beiden Kinder spielten wieder friedlich zusammen Krieg. Doch der nächste Konflikt bahnte sich an, denn Kevin-Ricardo wollte nicht einsehen, dass seine Panzer gegen die Einhornarmee seiner Schwester verlieren sollten.

Ronny setzte sich auf den Boden zwischen die Angriffslinien der Armeen seiner Kinder und breitete die Arme aus. Das war ein altes Ritual, auf das er sich den ganzen Tag freute. Zuletzt hatten die beiden allerdings immer seltener Lust auf dieses Ritual gehabt. Zum

Glück war es heute anders. Sofort sprangen seine beiden Kinder in seine Arme, nahmen je einen davon über die Schulter und versuchten, ihren Vater zu drehen. ‚Popellen' nannten sie dieses Spiel, seit Svenja-Chantal als kleines Kind das Wort zu sagen versucht hatte, noch bevor sie gelernt hatte, das ‚R' zu sprechen.

Beim Popellen zerstörte Ronny an diesem Abend die Armeen seiner beiden Kinder mit den Füßen und verteilte sie im ganzen Zimmer. Als die Kinder schließlich erschöpft losließen, waren sie zuerst eine ganze Weile damit beschäftigt, ihre Armeen wiederaufzubauen. Ronny sah ihnen dabei zu.

„Papa gehört zu mir!", rief Svenja-Chantal.

Ihr Bruder kniff die Augen zusammen und blickte seine Schwester böse an.

„Nein, zu mir!" – „Nein, zu mir." – „Nein!" – „Doch!" – „Nein!" – „Doch!"

Ronny kannte diese Endlosdiskussionen und blickte aus dem Fenster. Es war bereits dunkel geworden. Durch die lange Busfahrt zu seiner Einsatzstelle musste er morgens schon um halb Sieben aus dem Haus und kam abends erst um Acht wieder zurück.

„Ich gehöre heute zu niemandem. Aber ihr geht jetzt ins Bett. Auf geht´s, aufräumen, umziehen und dann Licht aus."

Die beiden Kleinen murrten, doch daran war Ronny gewöhnt. Letztlich würden sie tun, was er sagte. Im Gegensatz zu Ramona war sein Wort bei den Kindern Gesetz. So war es auch an diesem Abend, auch wenn die beiden sich beim Aufräumen viel Zeit ließen. Doch das störte ihn nicht.

Er stand auf und verließ das Zimmer. Die Kinder würden tun, was er gesagt hatte, auch ohne, dass er dabeiblieb und aufpasste. In der Zwischenzeit ging er duschen. Danach ging er in die Kinderzimmer, gab seinen Kindern einen Gute-Nacht-Kuss und löschte das Licht. Anschließend durchquerte er wieder den Flur und setzte sich zu seiner Frau auf ihr ockerfarbenes Sofa.

„Mach mal leiser.", brummte er.

„Was?", brüllte Ramona in seine Richtung.

Er verdrehte die Augen und seufzte. Danach nahm er die Fernbedienung vom Tisch und reduzierte die Lautstärke deutlich.

„Leiser. Die Kinder sollen schlafen.", wiederholte er, „War heute irgendwas?" – „Nö." – „Keine Anrufe, keine Post oder so?" – „Nö." – „Und mit den Kindern? Haben sie ihre Hausaufgaben gemacht?" – „Keine Ahnung."

Wieder seufzte er.

„Was habt ihr heute Abend gegessen?" – „Pizza." – „Ist noch was da?" – „Nö." – „Und was soll ich essen?" – „Weiß nicht, such dir was."

Erneut ging er in die Küche und blickte in den Kühlschrank. Eine fast leere Flasche Ketchup, eine Tube Senf, zwei Gläser Marmelade und eine Flasche Sekt.

„Gehst du morgen einkaufen?" – „Geh du doch." – „Und wann?" – „Zum Beispiel jetzt."

Einen Moment lang überlegt er, ob es sich lohnen würde, ihr zu widersprechen, doch dafür war er zu müde. Er blickte in sein Portemonnaie. Dort waren nur noch ein Fünfer und einige Münzen.

„Hast du noch Geld hier?", fragte er Ramona.

„Nö.", antwortet sie kurz.

Er schüttelte den Kopf und verließ wortlos die Wohnung. Das würde ein schmaler Einkauf werden. Wenigstens kaufte man ohne Geld in der Tasche auch kein unnötiges Zeug.

Vor dem Supermarkt standen wie jeden Abend um diese Zeit einige Jugendliche und tranken ihren Wodka direkt aus der Flasche.

Früher hatten sie ihn noch angeschnorrt und schließlich gepöbelt, nachdem er ihnen nichts gegeben hatte, doch dann waren die beiden Glatzen aus dem 8. Stock eines Tages vorbeigekommen und hatten sich die Jungs vorgeknöpft. Seitdem hatte Ronny Ruhe vor ihnen.

Trotzdem ging er zügig an ihnen vorbei in den Discounter. Zuerst nahm er ein Sixpack Bier von einer Palette. Im Kopf rechnete er mit. Etwa vier Euro für Essen blieben ihm noch. An der Kasse würde er später noch zwei Überraschungseier für die Kinder mitnehmen. Blieben noch gut drei Euro. Ein Toastbrot, etwas Salami und geriebenen Käse reihte er wenig später zusammen mit Bier und Überraschungseiern auf das Kassenband.

Die gelangweilt aussehende Kassiererin hatte gewaltige Augenringe und kaute laut schmatzend einen Kaugummi, während sie seine Einkäufe über den Scanner zog.

„Sechs Euro fünfundvierzig bitte.", seufzte sie monoton. Er zog den Fünfer heraus, gab ihn ihr und kramte dann nach Münzen. Mist! Ihm fehlten zehn Cent.

„Ich… äh… also… wir müssen… äh… die Salami doch wieder zurück…", stammelte er und wurde rot.

„Nicht nötig.", sagte eine Stimme hinter ihm, „wie viel brauchste denn noch, Ronny?"

Er drehte sich um und sah dort Mandy stehen und ihn fragend ansehen.

„Nur zehn Cent.", murmelte er.

Mandy kramte in der Tasche ihres sehr kurzen Rocks und zog einen Schein heraus, einen Fünfziger.

„Hier, verrechnen Sie das.", sagte sie der Kassiererin und reichte ihr den Schein.

„Danke!", sagte Ronny leise.

Sein Blick fiel auf Mandys Einkauf. Eine Packung Kondome und eine Flasche Wasser.

„Nicht der Rede wert.", antwortete die Mittvierzigerin ihm. Sie zeigte auf ihren Einkauf.

„Arbeitsmittel.", sagte sie zwinkernd, nahm das Wechselgeld, steckte es in die Tasche und stöckelte auf ihren hohen Stiefeln in Richtung Ausgang.

„Grüß die Mona schön von mir! Tschühüs!"

Eilig griff Ronny nach seinen Einkäufen und verließ ebenfalls den Discounter. Als er auf sein Haus zulief, sah er, wie Dr. Lehmann aus der Tür kam. Er ging jeden Abend mindestens eine Stunde durch die Gegend. Spazieren. Ronny hatte ihn gefragt, wozu das gut sein sollte. Wenn er losgehe, wisse er nie, was ihm unterwegs so einfiele, hatte Dr. Lehmann geantwortet, aber irgendwas falle ihm immer ein. Ronny hatte nicht verstanden, was Dr. Lehmann gemeint hatte, aber er hatte auch nicht weiter nachgefragt.

Nun spazierte Dr. Lehmann die Straße abwärts. Ronny sah ihm nach, während er zur Haustür ging und aufschloss. Ein seltsamer Mensch. Trotzdem mochte er ihn und nahm sich vor, ihn am nächsten Tag mal wieder abends zu besuchen.

Langsam stieg er die vielen Stufen bis in den fünften Stock hinauf und ging dieses Mal direkt in die Küche. Er belegte einige Toasts mit Salami und bestreute sie anschließend mit Käse, bevor er sie auf einem Backblech in den Ofen stellte. Während der Käse auf den Toasts langsam vor sich hin brutzelte, befreite er die Bierflaschen aus ihrem Pappmantel und packte fünf davon in den Kühlschrank. Die sechste öffnete er sich sofort – natürlich wieder am Küchentisch.

Danach räumte er das dreckige Geschirr vom Küchentisch in die Spülmaschine und deckte den Tisch für das morgige Frühstück. Auf die Plätze der Kinder legte er ihre Überraschungseier. Schließlich lud er seine überbackenen Toasts auf einen Teller und ließ sich wieder neben Ramona auf das Sofa fallen. Wortlos nahm sie eines der Toasts, biss hinein und verbrannte sich prompt den Mund an dem heißen Käse. Sie fluchte lautstark.

„Scheiße, verdammt! Willst du mich umbringen?"

Er war froh, dass sie den Blick auch jetzt nicht vom Fernseher abgewandt hatte, denn sonst hätte sie ihn grinsen sehen. Selber schuld, wenn man anderen

Leuten das Essen klauen wollte. Vorsichtig vertilgte er sein warmes Abendessen und trank sein Bier. Als es leer war, stand er auf.

„Gute Nacht.", sagte er zu Ramona.

„Hm.", antwortete sie teilnahmslos, während er ins Schlafzimmer ging. Er warf seine Klamotten in die Ecke, fiel ins Bett und schlief sofort erschöpft ein.

# 2

Das Plärren des Weckers riss Ronny aus seinem Schlaf. Mit zusammengekniffenen Augen blickte er auf sein Handy. Freitag. Noch zwei Tage arbeiten, dann konnte er mal wieder ausschlafen. Langsam kroch er unter der Decke hervor und ging ins Badezimmer, wo er gestern vor dem Duschen seinen Blaumann liegengelassen hatte.

Nachdem er ihn angezogen hatte, ging er in die Küche, stellte die Kaffeemaschine an und kramte dann das Brot aus dem Schrank. Danach holte er die Marmelade aus dem Kühlschrank und schmierte sich vier Stullen für den Tag. Eine für die Frühstückspause, zwei für mittags und eine für die Rückfahrt am Abend, damit der Magen nicht so sehr knurrte. Als nächstes waren die Schulbrote für seine Kinder dran.

Er packte die beiden Überraschungseier mit in die Brotdosen. So würden die beiden in ihrer ersten Pause eine schöne Überraschung erleben.

Als die Kaffeemaschine durchgelaufen war, füllte er einen Liter Kaffee in seine Thermoskanne und packte sie zusammen mit seiner Brotdose in die Arbeitstasche. Er wankte in den Flur, zog seine schweren Arbeitsschuhe wieder an und verließ das Haus.

Vor der Tür schaute er zum ersten Mal auf die Uhr. Schon so spät! Er blickte zur Bushaltestelle, die ein paar

Hundert Meter die Straße runter lag. Von weitem konnte er den Bus schon sehen. Wieder einmal musste er rennen, denn wenn er den Bus verpasste, musste er eine Stunde auf den nächsten warten und würde demnach eine Stunde zu spät zur Arbeit kommen.

Das war ihm in diesem Monat schon zweimal passiert. Er wusste genau, wenn das noch ein drittes Mal so weit käme, dann würde er ernsthaften Ärger bekommen.

So schnell er konnte, rannte er in Richtung Bus. Auf halber Strecke blieb sein Schuh an einem hochstehenden Pflasterstein hängen und er konnte nur mit einigen Ausfallschritten und weitem Rudern seiner Arme verhindern, dass er hinfiel. Als er das Gleichgewicht wiedergefunden hatte, hörte er Plastik auf Stein klackern. Währenddessen hielt der Bus an der Haltestelle an. Er sah sich um und erblickte seine Stempelkarte kurz neben dem hochstehenden Stein. Eilig machte er ein paar Schritte zurück, hob die Karte auf, steckte sie in seine Brusttasche und rannte wieder los.

Noch lagen über hundert Meter zwischen ihm und der Haltestelle, als er mit ansehen musste, wie sich die Türen schlossen und der Bus sich in Bewegung setzte. Er schrie und winkte, doch der Fahrer winkte ab und hielt seinen Bus nicht wieder an. Ronny fluchte zuerst laut, doch dann sank er auf dem Gehweg zusammen.

Er hatte bereits vorletzten Monat eine Abmahnung wegen seiner Verspätungen bekommen. Dieses Mal würde man ihn sicherlich austauschen.

‚Austauschen'. Dieses Wort hasste er besonders. Im Jargon der Zeitarbeitsfirmen hieß das, jemanden von seiner Einsatzstelle abziehen und ungefragt irgendwo anders hin versetzen. Eine der größten Schattenseiten der Zeitarbeit ist ihre Flexibilität, hatte Dr. Lehmann gesagt, als Ronny mit ihm darüber gesprochen hatte, denn was für den Arbeitgeber Flexibilität ist, ist für den Arbeitnehmer Unbeständigkeit.

Eine Stunde später als gewöhnlich kam Ronny bei der Arbeit an. Sein Vorarbeiter erwartete ihn schon mit einem diabolischen Grinsen im Gesicht. Ronny mochte ihn nicht. Er duzte seine Mitarbeiter, verlangte aber, von ihnen gesiezt zu werden.

„Tut mir leid, Herr Schönharnovic.", sagte Ronny zu ihm.

„Ja, mir auch.", antwortete dieser, „Ich habe schon mit deiner Zeitarbeitsfirma telefoniert. Heute ist dein letzter Tag hier, ab Montag wirst du dann woanders eingesetzt."

Ronny schnappte nach Luft. „Bitte nicht, Herr Schönharnovic, mir gefällt es hier. Ich will nicht wieder Schrauben verpacken."

„Das liegt nicht in meiner Hand. Und jetzt zügig an die Arbeit. Es hat sich schon einiges angesammelt."

Mit hängendem Kopf schlich Ronny zu den Containern, in die er den Müll zu entsorgen hatte. Ein Kollege, der das Gespräch mitbekommen hatte, klopfte ihm im Vorbeigehen auf die Schulter.

„Scheiße, Alter.", sagte er mitleidig, doch Ronny nahm ihn kaum wahr.

An den Containern angekommen, setzte er sich auf einen Palettenstapel. Er hatte es bei einem Kollegen miterlebt und wusste, dass ihm für ‚die Notwendigkeit eines Austausches aufgrund von Eigenverschulden' das Weihnachtsgeld gestrichen wurde.

Schon letztes Jahr hatte er den Kindern nichts schenken können, weil Anfang Dezember ihre Spülmaschine einen Defekt hatte und sie eine neue hatten kaufen müssen. Dieses Jahr würde es wieder keine Geschenke geben. Schon letztes Jahr hatten ihn die traurigen Augen seiner Kinder beinahe umgebracht. Wie sollte er das dieses Jahr schon wieder ertragen?

Die Tränen stiegen ihm in die Augen. Im Augenwinkel sah er seinen Vorarbeiter mit zügigem Schritt herkommen.

„Nun reicht es aber!", blökte er, „Zuerst zu spät kommen und dann rumsitzen? Du kannst gehen – und zwar sofort!"

Im ersten Moment regte sich Ronny nicht. Die Verzweiflung war noch zu groß. Doch dann drangen die Worte des Herrn Schönharnovic zu ihm durch und Ronny wurde wütend.

„Hast du Arschloch eigentlich die geringste Ahnung, was das für mich bedeutet?", fuhr er ihn an, „Ich kann so gerade meine Kinder ernähren, aber nur, weil ich die ganze Woche hier bei dir für einen Hungerlohn maloche! Und dafür fahre ich erst ewig im Bus hier her und hinterher wieder zurück, sodass ich die Kinder, meine Kinder, kaum noch sehe! Und jetzt kommt so ein Vollidiot wie du mit einem dämlichen Grinsen in seiner hässlichen Fresse hier anstolziert und schmeißt mich einfach so raus?"

Ronny war inzwischen aufgesprungen und Herr Schönharnovic hatte bereits einige Schritte rückwärts gemacht. Ronny schrie ihm nach.

„Mach, dass du wegkommst, sonst kannst du die nächsten vier Wochen nur noch auf Krücken hier herumstolzieren!"

Noch während er brüllte, verrauchte seine Wut, doch der Vorarbeiter floh in den Container, der sein Büro war, und schloss die Tür von innen ab, als Ronny schließlich langsamen Schrittes durch die Halle zum Ausgang ging, seiner ungewissen Zukunft entgegen.

# 3

An die Busfahrt zurück konnte Ronny sich später kaum noch erinnern. Zuhause angekommen hatte er seine Frau Ramona auf dem Sofa vor dem Fernseher vorgefunden. Ronny setzte sich neben sie.

„Bin rausgeflogen.", brummte er.

Ramona schien erst jetzt bemerkt zu haben, dass er überhaupt da war.

„Hm?" – „Bei der Arbeit. Rausgeflogen." – „Blöd."

Sie blickte weiter auf den Bildschirm. Keine Rückfrage, keine Anteilnahme, kein Interesse. Ronny dachte wieder an seine Kinder und eine Träne rann seine Wange hinab. Ramona starrte weiter auf den Fernseher.

„Wann kommen die beiden heute von der Schule?", fragte er sie.

„Weiß nich." – „Aber das musst du doch wissen!", rief Ronny aufgebracht, „Du bist doch jeden Tag hier!" – „Hm."

Ronny fragte sich, wann Ramona und er sich das letzte Mal in die Augen geblickt hatten. Schließlich wurde es ihm zu bunt. Er musste hier raus. Raus zu jemandem, der mit ihm redete.

„Bin weg.", zischte er mit deutlicher Wut in der Stimme und stand auf.

Ramona starrte weiter auf den Fernseher.

Ein Stockwerk weiter oben angekommen, klingelte er bei Dr. Lehmann.

„Einen Augenblick bitte!", rief es von drinnen.

Das kannte Ronny schon. Dr. Lehmann las fast den ganzen Tag und er las – auch wenn es klingelte – grundsätzlich erst noch den Absatz zu Ende, bevor er öffnete. Einige Minuten verstrichen, dann öffnete er Ronny die Tür.

„Guten Tag, Herr Nachbar. So früh schon zuhause? Kommen Sie doch herein."

Mit einer einladenden Handbewegung zeigte er auf sein Wohnzimmer. Ronny setzte sich auf das Sofa. Es war schwarz, aus Leder, und nur an den leicht abgestoßenen Ecken konnte man ihm sein Alter ansehen.

Dr. Lehmann hatte ihm einst erzählt, dass dieses Sofa schon seinem Großvater gehört und in dessen Kanzlei gestanden hatte.

„Kann ich Ihnen etwas anbieten? Wasser? Tee?"

Dr. Lehmann trank niemals Kaffee, das hatte Ronny sich gemerkt. Eigentlich mochte Ronny keinen Tee, aber bei Dr. Lehmann trank er regelmäßig eine Tasse davon.

„Tee, bitte."

Dr. Lehmann ging in die Küche. Ronny hörte das Geräusch des Wasserkochers. Wie schon so oft fiel sein Blick auf das Bücherregal an der Wand. Es war aus einem dunklen Holz und bestand aus mehreren Einzelregalen. Über jedem Einzelnen war ein Schild angebracht – wie in einer Bibliothek. Jura, Philosophie,

Soziologie, Geographie und Theologie. Die meisten der Bücher waren schon alt, viele sogar in englischer und einige – so hatte Ronny von Dr. Lehmann erfahren – in lateinischer Sprache. Sein Gastgeber kam mit dem Tee zurück.

„Was führt Sie zu mir, Ronny? Haben Sie Urlaub?" – „Nein. Bin heute Morgen rausgeflogen."

Dr. Lehmann blickte ihn über seine Lesebrille hinweg ernst und besorgt an.

„Das ist äußerst bedauerlich. Wie kam es denn dazu?" – „War zu spät. Mal wieder."

Dr. Lehmann nickte und nippte an seinem Tee.

„Und was gedenken Sie nun zu tun?"

Ronny seufzte. Gute Frage.

„Weiß nicht. Drückmann wird mich wohl woanders hinschicken. Aber das Weihnachtsgeld ist futsch." – „Drückmann. Das war der Name Ihrer Leiharbeitsfirma, nicht wahr? Dort sind Sie also weiter angestellt?" – „Ja, genau. Hoffe ich zumindest."

Ronny nahm seine Teetasse und gab drei Würfel Zucker hinein.

Als er zum ersten Mal mit Dr. Lehmann einen Tee getrunken hatte, stand kein Zucker auf dem Tisch und er musste beim ersten Nippen wohl leicht das Gesicht verzogen haben, denn seit diesem Tag stand immer eine Schale mit Zuckerwürfeln auf dem Tisch, obwohl Dr. Lehmann selbst seinen Tee niemals zuckerte. Ronny fragte sich manchmal, ob diese Schale wohl nur seinetwegen dort stand.

„Dann gibt es doch noch Grund zur Hoffnung.", sagte Dr. Lehmann, „Sie haben weiterhin eine Arbeit und vielleicht wird die nächste Beschäftigung auch angenehmer als Ihre letzte." – „Schon, aber was ist mit Weihnachten? Die Kinder haben letztes Jahr schon nichts gekriegt wegen der kaputten Spülmaschine."

Dr. Lehmann sah Ronny über seine schmale schwarze Lesebrille mit den dicken Rändern hinweg eine Weile in die Augen, bevor er antwortete.

„Sagen Sie, Ronny, was bedeutet Weihnachten für Sie?" – „Weiß nicht. Hab ich noch nie drüber nachgedacht. Geschenke. Tannenbaum. Weihnachtsmann. Sowas halt." – „Und was bedeutet Weihnachten für Ihre Kinder?"

Ronny überlegte kurz.

„Ungefähr dasselbe, schätz ich." – „Und warum?" – „Na, weil… ist halt so."

Dr. Lehmann lehnte sich zurück und nahm die Brille von der Nase. Ronny kannte das schon von ihm. Nun würde er zu einer längeren Erklärung ausholen und dabei mit der Brille in der rechten Hand gestikulieren.

„Wissen Sie, Ronny, die Kinder erwarten von Weihnachten genau das, was Ihre Umgebung ihnen vorlebt." – „Umgebung?", unterbrach Ronny.

„Ja, ihre Umgebung. Dazu gehören die Eltern, die Freunde, die Verwandten und die Mitschüler ebenso wie das, was sie im Fernsehen oder im Radio aufschnappen. An erster Stelle stehen da aber die Eltern. Wenn Sie als Vater den Kindern vorleben, dass

Weihnachten hauptsächlich aus Geschenken besteht, dann erwarten Ihre Kinder genau das."

Dr. Lehmann setzte seine Brille wieder auf. Dann beugte er sich vor und blickte Ronny über die Ränder seiner Brille hinweg tief in die Augen.

„Wenn Sie den Kindern aber zeigen, dass für Sie an Weihnachten wichtig ist, Zeit miteinander zu verbringen und ein paar schöne Tage mit der Familie zu erleben und wenn Sie ihnen signalisieren, dass Sie sich darauf freuen, dann wird für Ihre Kinder auch genau das in den Vordergrund rücken. Natürlich werden die Kinder in der Schule, im Fernsehen und durch Freunde trotzdem auf Geschenke gepolt, aber wenn Sie Weihnachten zu einer Familienzeit machen, sind die Geschenke nicht mehr ganz so wichtig und die Enttäuschung wird viel kleiner sein. Vielleicht reichen dann sogar ein paar deutlich kleinere Geschenke, um die Kinder genauso glücklich zu machen. Probieren Sie es mal aus. Und nun sollten Sie zuerst bei Drückmann anrufen und Ihre Situation dort klären."

Ronny hatte aufmerksam zugehört. Dr. Lehmann war ein gewaltig kluger Mann. Was er sagte, hatte immer Hand und Fuß. Er nahm sich vor, es an Weihnachten genauso zu versuchen.

Doch nun würde er zuerst bei Drückmann anrufen müssen. Er verabschiedete sich von Dr. Lehmann, dankte ihm für den Tee und den Ratschlag und ging wieder die Treppen hinab in seine Wohnung.

Dort schloss er sich in das Zimmer seiner Tochter ein und telefonierte mit der Dame bei Drückmann, die für ihn zuständig war.

Das Telefonat war schnell beendet. Die Dame war vom Herrn Schönharnovic schon über alles informiert worden. Er hatte sich beschwert, dass Ronny ihn bedroht hätte. Ronny schnaubte. Na und? Durch seine Kündigung stand Ronnys ganzes Leben kurz vor dem Abgrund. Ronny hatte ihm dagegen lediglich Prügel angedroht. Was von beidem war wohl die schlimmere Drohung? Die Firma Drückmann würde ihn abmahnen, aber er war vorerst weiterhin dort angestellt.
Als nächstes sollte er wieder zurück in die Schraubenfabrik, in der er früher schon gewesen war. Dort würde er aber anders eingesetzt werden als zuvor. Er war gespannt und trotz allem auch irgendwie erleichtert. Dr. Lehmann hatte immer vernünftige Ideen und Ronny fühlte sich jedes Mal besser, wenn er die dann auch umsetzte.
Er verließ das Kinderzimmer, doch er war noch wütend auf Ramona, weil sie sich so wenig für ihn interessierte, also beschloss er, wieder einmal das Dach aufzusuchen.

Schließlich stand er wieder auf dem Dach des Hauses, in dem er wohnte, und blickte hinab auf die Straße. Vor dem Haus auf der anderen Straßenseite stand eine Schlange von Menschen – vermutlich eine Wohnungsbesichtigung.

Er betrachtete die Leute, die dort standen. Viele junge Paare waren dabei. Eines davon sah er sich genauer an. Sie waren beide Anfang Zwanzig. Sie hielten Händchen und lächelten einander an. Sie schienen glücklich zu sein. Sie mussten nicht wegen einer anstehenden Geburt zusammenziehen. Sie taten es, weil sie sich liebten und zusammen sein wollten. Wie musste sich das anfühlen?

Vor dem Haus hielt ein teurer Sportwagen und heraus trat ein junger Mann in einem glänzend schimmernden Anzug, einer deutlich zu großen Brille und streng mit viel Gel nach hinten gekämmten schwarzen Haaren. Das musste der Makler sein.

Makler. Verachtenswertes Pack. Sie lebten davon, dass Vermieter zu faul waren, sich selbst anständige Mieter zu suchen – und ließen sich dafür auch noch vom Mieter mit unverschämt hohen Honoraren bezahlen. Ronnys – jetzt ehemaliger – Arbeitskollege Bodo hatte ihm von seiner Wohnungssuche erzählt. Der Makler hatte zuerst allerlei Unterlagen wie einen Schufa-Nachweis angefordert, die zum Teil sogar schon Geld gekostet hatten. Bodo hatte also die ersten 50€ schon zahlen müssen, bevor er überhaupt zum Besichtigungstermin eingeladen worden war.

Siebzehn Besichtigungs-termine später hatte Bodo tatsächlich die Zusage für eine Wohnung bekommen. 37m², 390€ Kaltmiete – aber vorher noch eine Kaution von 1000€ und eine Maklerprovision von 2,35 Monatsmieten. Bodo hatte also rund 2000€ bezahlen müssen, bevor er überhaupt einziehen konnte. Woher sollte ein einfacher Arbeiter so viel Geld nehmen? Natürlich hatte Bodo dafür einen Kredit aufnehmen müssen, für den er jetzt monatlich Zinsen zahlte. Und der Makler? Eine Zeitungsanzeige, ein paar Telefonate mit den potentiellen Mietern, ein eintägiger Besichtigungstermin und knapp 900€ Provision. Das war keine anständige Arbeit, nein, das war Wegelagerei. Schmarotzertum.

Der parasitäre Anzugträger unten auf der Straße bat nun die Leute ins Haus und nach und nach leerte sich der Gehweg. Das glückliche junge Pärchen betrat als Letztes das Haus gegenüber. Glücklich.

Ronny fragte sich, wie es sich wohl anfühlen würde, glücklich zu sein. Müde sein, das kannte er. Wütend auch – das hatte Herr Schönharnovic heute beinahe zu spüren bekommen. Enttäuscht war er auch manchmal, wenn seine Kinder abends nicht mit ihm ‚Popellen‘ wollten, obwohl er sich den ganzen Tag darauf gefreut hatte. Aber glücklich? Wann war er zuletzt glücklich gewesen?

Ihm fiel seine Schulabschlussfeier ein. Er hatte mit Ach und Krach den Hauptschulabschluss bekommen, womit keiner seiner Lehrer gerechnet hatte. Sein Vater auch nicht. Umso stolzer war dieser dann gewesen, als sein Sohn schließlich doch das Zeugnis erhielt. Ronny hatte gesehen, wie sein Vater vor Stolz geweint hatte. Als sie sich anschließend umarmt hatten, da war er glücklich gewesen. Für den Moment.

# 4

Am nächsten Morgen war Ronny früh auf den Beinen. Obwohl er eigentlich ausschlafen wollte, hatte die Gewohnheit ihn um die gleiche Uhrzeit geweckt wie jeden Morgen. Es war Samstag. Ronnys Arbeit in der Schraubenfabrik würde erst am Montag beginnen. Ausnahmsweise war also der Samstag mal frei und er würde mal wieder zum Fußball gehen können.

Noch am Freitagabend hatte er seinen Kumpel Waldi angerufen, der immer günstige Karten besorgen konnte.

Heute wollte Ronny seinen Sohn zum ersten Mal mit ins Stadion nehmen. Gegen elf Uhr vormittags brachen sie auf. Ronny hatte sein altes Trikot aus Kindertagen aus dem Schrank gekramt und es Kevin-Ricardo übergezogen. Er selbst trug einen schwarzen Kapuzenpulli und einen blauweißen Schal um den Hals. Schon vor dem Haus sahen sie weitere Fans, die in Richtung Innenstadt gingen. Dort traf man sich und zog dann gemeinsam zum Stadion. Ronny hatte mit Waldi ausgemacht, sich dort vor einer Kneipe zu treffen.

Nachdem sie sich durch die Menge gearbeitet hatten, in der sie auch an den beiden Glatzen aus dem Obergeschoss vorbeigelaufen waren, sah er Waldi schließlich am vereinbarten Treffpunkt stehen. Er hatte seinen Sohn Melvin mitgebracht, der ungefähr im gleichen Alter war wie Kevin-Ricardo.

„Tach Waldi, altes Haus!", begrüßte Ronny seinen Kumpel herzlich.

„Den Kurzen kennste ja. Sag ma ‚Hallo' zu Onkel Waldi, Kevin."

Schüchtern winkte Kevin-Ricardo Waldi zu. Waldi ging in die Knie.

„Kevin, das ist Melvin. Der ist auch zum ersten Mal dabei. Dann seid ihr beide nich so allein, wa?"

Zu viert schlossen sie sich dem Strom der Menschen an, die singend zum Stadion zogen. Melvin konnte bereits zwei Lieder mitsingen, was Waldi mit einem stolzen Strahlen quittierte.

„Gute Erziehung, wa?"

Wenig später standen sie im Stadion auf der Betontribüne und grölten mit Tausenden von anderen Fans in Blau und Weiß die Hymne des lokalen Drittligisten. Ronny ließ sich von Waldi schnell auf den neuesten Stand bringen.

Derzeit sah es für ihren Verein nicht besonders gut aus. Nach sieben Saisonspielen stand man mit nur vier Punkten und nur drei erzielten Toren auf einem Abstiegsplatz. Heute kam ein Tabellennachbar, bei dem es ähnlich finster aussah. Bei beiden Teams waren die Trainer schon lange als die Verantwortlichen der Misere ausgemacht und es war abzusehen, dass der Trainer der heutigen Verlierermannschaft sich einen neuen Job suchen musste. Auf der Tribüne saßen bereits einige neue Trainerkandidaten und sahen sich ihren eventuellen künftigen Arbeitgeber an.

Schon nach wenigen Minuten durften Ronny, Waldi und die Kinder das erste Mal jubeln. Der Linienrichter hatte eine deutliche Abseitsstellung übersehen und so ging das Heimteam früh in Führung. Danach verflachte das Spiel deutlich. Die führende Mannschaft wollte die Führung mit maximaler Defensive um jeden Preis verteidigen und dem Gegner fehlten die Mittel, um diesen Abwehrblock zu durchbrechen.

Halbzeit. Ronny stellte sich in die lange Schlange an der Bierbude, um für Waldi und für sich ein kühles Stadionbier zu ergattern. Nicht etwa, weil ihm zu warm war, denn davon konnte man mitten im Herbst nun wirklich nicht mehr sprechen, sondern eher, weil es für ihn einfach dazugehörte, ebenso wie die Stadionbratwurst nach dem Spiel.

Als er mit den beiden gefüllten Bierbechern endlich wieder zurück auf seinen Platz kam, lief bereits die zweite Hälfte. Am Spielgeschehen hatte sich nichts geändert. Eine Mannschaft wollte nicht und die andere konnte nicht.

„Mann, Mann, Mann.", stöhnte Waldi, „Die Kurzen können froh sein, dass sie zu klein sind, um was zu sehen. Hier gibt´s wirklich auch nix zu sehen."

So blieb es auch – bis kurz vor Schluss. Die Anzeigetafel zeigte bereits die 89. Minute, als im Strafraum der Heimmannschaft Hektik aufkam.

Zuvor hatte es eine Ecke für die Gäste gegeben, doch nun lag der Ball unbeachtet im Sechzehner auf dem Boden. Direkt daneben lag ein Spieler der Gastmannschaft und hielt sich das Gesicht, rundherum stießen sich die Spieler der verschiedenen Mannschaften gegenseitig herum.

Erst nachdem die Assistenten auf den Platz gelaufen waren und dem Schiedsrichter halfen, die Gemüter zu beruhigen, löste sich das Knäuel auf. Gespannt versuchte Ronny, die Gesten des Schiedsrichters zu erkennen, der sich kurz mit seinen Assistenten beriet. Danach holte er den Kapitän der Heimmannschaft zu sich – und hielt die rote Karte in die Luft, bevor er auf den Punkt aus mit Kreide weiß gefärbtem Rasen deutete, der sich in elf Metern Entfernung mittig vor dem Tor befand. Das Stadion explodierte. Ein gellendes Pfeifkonzert übertönte die Jubelrufe aus dem Gästeblock. Wüste Beschimpfungen wurden dem Schiedsrichter entgegengeworfen und der Coach der Heimmannschaft rannte zum Linienrichter und schrie ihn wild gestikulierend an.

Wenig später fand sich der Coach auf der Tribüne wieder und unter anhaltenden Pfiffen der Heimfans trat der Mittelstürmer der Gästemannschaft zum Strafstoß an. Er lief an und schoss. Ronny wollte schon jubeln. Der Schuss war schwach geschossen, halbhoch und unplatziert auf die Tormitte. Doch der Torwart war bereits in eine Ecke gesprungen und konnte nur noch zusehen, wie der Ball über seine Beine hinweg in die Maschen flog. Ausgleich.

Der Torwart rannte nun ebenfalls zum Linienrichter und beschwerte sich lautstark über die Ausführung des Strafstoßes, doch sein Protest nützte nichts, der

Schiedsrichter ließ anstoßen. Wutschnaubend ging der Torwart zurück zu seinem Tor.

Währenddessen hatten seine Mannschaftskollegen den Ball direkt nach dem Anstoß verloren und der Mittelstürmer, der erfolgreich den Elfmeter versenkt hatte, war am Ball. Ronny sah, wie er den Kopf hob und begriff im gleichen Moment, was er vorhatte. Der Torwart war nach seiner Diskussion mit dem Linienrichter noch immer nicht im Tor angekommen.

„Zurück!", brüllte er, obwohl der Torwart ihn natürlich nicht hören konnte.

Er sollte recht behalten. Der Stürmer trat wuchtig gegen den Ball, der sich über sämtliche Verteidiger hinweghob. Nun hatte auch der Torwart gesehen, was dort vor sich ging und sprintete in Richtung Tor, um den Ball aufzuhalten. Ronny schätzte die Geschwindigkeit des Torwarts und des Balls ab und war erleichtert. Der Keeper würde ihn kriegen. Nur noch zwei Meter.

Plötzlich erlahmte die Bewegung des Torhüters und er fiel der Länge nach hin, während der Ball sich ins Netz senkte. Er war über ein Loch im Rasen gestolpert, das er zuvor bei einer Rettungsgrätsche selbst verursacht hatte. 1:2. Großer Jubel bei der Gästemannschaft. Die neunzig Minuten waren bereits lange vorbei und der Schiedsrichter pfiff die Partie gar nicht erst wieder an.

Die Spieler der Heimmannschaft standen mit gesenkten Köpfen auf dem Spielfeld und wurden von ihren Fans lautstark und wüst beschimpft. ‚Absteiger' hallte es durch das Stadion.

„Papa, haben wir jetzt gewonnen?", fragte der kleine Melvin.

Waldi sah seinen Sohn mit finsterem Blick an, packte ihn an der Hand und zog ihn aus dem Stadion. Ronny war es ähnlich zu Mute, doch er ließ seinen Ärger nicht an seinem Sohn aus.

„Wollen wir nach Hause?", fragte er ihn, „Oder wollen wir unterwegs noch bei Gerda ein Hotdog essen?"

Kevin-Ricardos Augen leuchteten. Gerda war die rabiate Chefin einer kleinen, versifften Pommesbude. Ronny konnte es sich nicht leisten, dort mit der Familie zu essen. Aber manchmal, wenn er mit seinem Sohn allein unterwegs war, gingen sie dort vorbei. Kevin-Ricardo liebte Gerdas Hotdogs und ihr gelegentliches Essen dort war ihr kleines Vater-Sohn-Geheimnis.

Während Kevin-Ricardo glücklich in seinen Hotdog biss, ermahnte sein Vater ihn.

„Aber denk dran, Mama muss davon nichts wissen."

Kevin-Ricardo sah zu Boden.

„Der ist das doch egal." Ronny traute seinen Ohren kaum. „Wie meinst du das?" – „Naja, Mama ist es egal, was Svenja-Chantal und ich machen." – „Nein, sowas darfst du nicht sagen. Die Mama hat euch doch lieb."

Kevin-Ricardo zuckte mit den Schultern. Ronny verstand seinen Sohn gut. Eigentlich hatte er denselben Eindruck, doch er wollte nicht, dass seine Kinder das auch mitbekamen. Er musste dringend in Ruhe mit Ramona reden, aber vorher musste er Kevin-Ricardo wiederaufbauen.

„Sag mal, wollen wir gleich noch ein bisschen kicken gehen? Du kannst bestimmt bessere Elfmeter schießen als der Typ vorhin."

Die Miene seines Sohnes hellte sich auf.

„Aber nur, wenn ich vorher meine Fußballschuhe von zuhause holen darf."

Die trüben Gedanken seines Sohnes hatte Ronny vertreiben können, doch seine eigenen blieben.

Als sie sich nach dem Essen auf den Heimweg machten, dachte er an Ramona. Wenn sie sich den Kindern gegenüber genauso verhielt, wie ihm gegenüber, dann war es kein Wunder, dass ihr Sohn so dachte. Er überlegte. Wann hatte es angefangen? Ramona war früher eine aktive junge Frau gewesen. Ein paar Pfunde zu viel hatte sie schon immer gehabt, aber trotzdem hatte sie regelmäßig Sport gemacht. Sie hatte Handball gespielt, bis zu dem Tag, als ihre Sportschuhe kaputtgegangen waren.

Damals war ihr Geld noch knapper gewesen als heute und sie hatten sich keine neuen leisten können, deshalb hatte sie den Handball aufgeben müssen. Zu ihrem darauffolgenden Geburtstag hatten ihre Eltern ihr ein Rennrad geschenkt. Ramona war jede Woche etliche Kilometer damit gefahren, bis sie mit Svenja-Chantal schwanger wurde.

Nach der Geburt hatte sie es noch einmal aus dem Keller geholt und war eine Runde geradelt. Als sie zurückkam, hatte sie das Rad an der Laterne vor dem Haus angeschlossen. Am nächsten Morgen war das Rad weg. Die Versicherung zahlte nicht, weil sie das

Rad ja auch in den Keller hätte bringen können. Damit war auch das hinfällig geworden.

Seitdem hockte sie in ihrer gemeinsamen Wohnung vor dem Fernseher. Und seit der Aufzug kaputt war, ging sie auch kaum noch einkaufen.

„Ich renn schnell hoch."

Kevin-Ricardo holte ihn aus seinen Gedanken. Sie waren inzwischen vor ihrem Haus angekommen.

„Klar. Denk auch an den Ball.", antwortete Ronny und sah zu, wie sein Sohn die Treppe hinaufflitzte.

Wenig später kam er wieder. Svenja-Chantal folgte ihm.

„Sie will auch mitspielen.", sagte Kevin-Ricardo.

Ronny nickte. Warum nicht. Er gehörte nicht zu den Leuten, die die Jungs kicken und die Mädchen mit Puppen spielen schickte. Ronny fand, jedes Kind sollte genau das tun, worauf es Lust hatte.

Als die beiden Kinder völlig erschöpft waren, kehrten sie schließlich zurück in ihre Wohnung.

„Was gibt's zum Essen?", rief Kevin-Ricardo ins Wohnzimmer.

Ramona fühlte sich offensichtlich nicht angesprochen und reagierte nicht. Ronny kam dazu.

„Ramona, dein Sohn redet mit dir." – „Was'n?" – „Er hat gefragt, was es zum Abendessen gibt." – „Weiß nich. Was is'n im Kühlschrank?"

Ronny ahnte schon, was er dort vorfinden würde. Dasselbe wie gestern, als er hungrig von der Arbeit kam, und zusätzlich noch die Dinge, die er gestern

Abend noch eingekauft hatte. Er sah die enttäuschten Blicke seiner Kinder.

„Ich mach uns eine Ladung überbackene Toasts, okay?"

Die Kinder jubelten. Wenig später saßen sie mampfend zusammen am Küchentisch.

„Willst du auch was?", rief Ronny ins Wohnzimmer.

„Ja." – „Dann komm rüber, wir essen hier am Tisch." – „Dann nicht."

Was sollte das jetzt heißen? Ronny wurde langsam wieder wütend. Er gab sich alle Mühe, seinen Kindern beizubringen, dass sie nicht vor dem Fernseher essen sollten und dass sie sich vor allem nicht den Arsch nachtragen lassen sollten. Und Ramona? Die lebte ihnen genau das vor. Er verkniff sich jedes weitere Wort. Später musste er sowieso mit ihr reden, aber damit wollte er warten, bis die Kinder im Bett waren.

Als es dann endlich so weit war, ging er zu Ramona ins Wohnzimmer.

„Was ist los mit dir?" – „Nix." – „Du hast dich in den letzten Jahren ganz schön verändert." – „Hm." – „Du interessierst dich überhaupt nicht mehr für die Kinder oder für mich." – „Hm."

Er hasste dieses ‚hm', denn genau das zeigte, wie desinteressiert sie war.

„Wann warst du das letzte Mal vor der Tür?" – „Weiß nich."

Langsam wurde er wütend. „Ramona, mir reicht´s! Wenn du dich für mich einen Scheiß interessierst, kann ich damit leben, aber wenn es um die Kinder geht, ist das anders! Du bist immer noch ihre Mutter!"

Zum ersten Mal nahm Ramona den Blick vom Fernseher und sah ihn an.

„Chill mal, Alter!", sagte sie, „Gleich kommt Werbung. Dann kannst du labern." – „Scheiße, nein!", schrie er, sprang zur Wand neben dem Fernseher und zog dessen Stecker aus der Dose.

„Ich will jetzt reden, verdammte Scheiße. Das ist wichtig! Viel wichtiger als deine dämlichen Sendungen!"

Einen Moment lang herrschte Ruhe. Dann durchbrach Ramona das Schweigen, indem sie ihn mit vor Wut zusammengekniffenen Augen und durch ihre beinahe geschlossenen Zähne anfauchte.

„Steck sofort den Stecker wieder rein."

Wütend sah Ronny sie an.

„Ist das alles, was dich noch interessiert? Dieser bescheuerte Fernseher?", brüllte er.

Ramona stand auf, kam auf ihn zu, schob ihn zur Seite und steckte den Stecker wieder in die Dose.

„Mehr als du jedenfalls.", zischte sie ihm zu.

Das war zu viel für Ronny. Er holte aus und stieß sie zurück auf ihr Sofa. Entsetzt sah sie ihn an.

„Verpiss dich!", brüllte sie, „Hau einfach ab!"

Ronny stand einen Moment lang da und starrte sie hilflos an. Verzweifelt. Er wusste nicht, wie er noch versuchen sollte, sie zu erreichen.

# 5

Am nächsten Vormittag saß er wieder bei Dr. Lehmann auf dem Sofa und trank mit ihm Tee. Die Kinder spielten mit Nachbarskindern hinter dem Haus und seine Frau hatte Besuch von ihrer Freundin Mandy.

„Ich wollte Sie neulich schon etwas fragen, Dr. Lehmann. Ramona sieht sich den ganzen Tag diese Sendungen an, bei denen richtig asoziale Leute gezeigt werden. Und diese Sendungen sehen ja wohl auch noch mehr Leute, sonst würden sie nicht laufen. Warum guckt man so etwas? Das ist doch einfach nur dämlich."

Dr. Lehmann stand am geöffneten Fenster und zündete sich seine Pfeife an.

„Voyeurismus." – „Ist das nicht so ein Sex-Ding?"

Dr. Lehmann pustete eine Qualmwolke aus dem Fenster.

„Voyeurismus ist, wenn jemand Freude daran hat, etwas zu beobachten. Im Fall von den von Ihnen angesprochenen Fernsehsendungen bedeutet das, sich Leute anzusehen, deren Probleme schlimmer sind als die eigenen, sodass man darüber die eigenen Probleme vergessen kann. Ich will Ihnen mal ein Beispiel nennen. Wenn Sie jemanden sehen, der an einer Tür zieht, auf der ein Schild ‚drücken' steht, dann halten Sie denjenigen für unfähig zu lesen. Dadurch fühlen Sie sich demjenigen gegenüber überlegen. Genauso funktionieren diese Sendungen. Sie sind gemacht für Leute, denen es schlecht geht. Denen soll gezeigt werden, dass es Leute gibt, denen es noch schlechter geht, damit sie sich besser fühlen."

Ronny überlegte.

„Könnte man dann nicht besser hungernde Kinder in irgendeinem afrikanischen Bürgerkriegsland zeigen?", fragte er.

„In der Sache schon, aber das wäre dann wiederum so weit von unserer hiesigen Lebensrealität weg, dass dieser Effekt verpuffen würde."

Er zog erneut an seiner Pfeife.

„Außerdem geht es bei diesen Sendungen zugleich auch um Schadenfreude. Der Konsument soll sich den in der Sendung handelnden Personen überlegen fühlen. Er soll das Gefühl haben, dass es rund um ihn herum Menschen gibt, die noch lebensunfähiger sind als er selbst. Ich vermag nicht zu beurteilen, welches dieser zwei Motive Ihre Frau zum Konsum dieser Sendungen bewegt. Vermutlich ist es beides. Haben Sie versucht, mit ihr darüber zu sprechen?"

Ronny lachte freudlos. „Klar, aber sie spricht nicht mit mir. Wenn ich ein Gespräch beginne, sagt sie höchstens ‚hm'. Gestern hat mein Sohn mir gesagt, dass er denkt, er wäre seiner Mutter egal. Ich will nicht, dass er so etwas denkt!"

Dr. Lehmann nickte und blickte Ronny über seine Lesebrille hinweg durchdringend an.

„Ich kenne die Umstände Ihres Lebens inzwischen gut genug, um zu wissen, dass Sie Ihrer Frau nicht sonderlich am Herzen liegen. Aber glauben Sie, dass Ihre Kinder Ihrer Frau ebenfalls egal sind?"

Ronny stützte das Gesicht in seine Hände.

„Ich weiß es nicht. Vielleicht schon. Sie hat sich sehr verändert."

Dr. Lehmann nickte verständnisvoll. „Sagten Sie nicht, Ihre Frau habe gelegentlich Besuch von einer Freundin?" – „Ja, von Mandy, der Nutte aus dem Zweiten." – „Mit der scheint Ihre Frau dann doch zu reden. Sie sollten mal mit ihr sprechen."

Als Ronny wieder nach unten ging, war Mandy bereits weg und Ramona saß wieder vor dem Fernseher.

„Ich wollte gleich meinen Vater besuchen, willst du mit?" – „Nö." – „Soll ich die Kinder mitnehmen?" – „Mir egal." Ronny seufzte. Genau das war das Problem, das zwischen ihnen stand und dringend geklärt werden musste. Er zog eine Jacke an und ging in den Hinterhof, wo er die Kinder vermutete.

Dort fand er auch sämtliche Mädchen aus der Nachbarschaft inklusive seiner Tochter Svenja-Chantal. Doch seinen Sohn konnte er nicht entdecken.

„Wo sind die Jungs?", fragte er in die Runde.

Die Mädchen wurden rot und blickten zu Boden. Keine antwortete Ronny.

„Jetzt sagt schon. Wir wollen los."

Wieder keine Antwort. Ronny wurde langsam ungeduldig und griff seiner Tochter unter ihr Kinn und sah ihr in die Augen.

„Wo?"

Mit hochrotem Kopf zeigte sie in Richtung des schon lange ungenutzten Fahrradschuppens. Sofort machte Ronny sich auf den Weg in die Richtung.

Der Schuppen hatte keine Tür, aber da er auch keine Fenster hatte und die Lampe schon lange kaputt war, war es drinnen völlig dunkel.

„Kevin-Ricardo, komm her, wir wollen los!", rief er schon von Weitem.

Plötzlich hörte er hektische Stimmen, ein Scharren und ein Husten. Noch bevor er beim Schuppen angekommen war, kamen die Jungs heraus.

„Was macht ihr denn da?" – „Ach nix", sagte einer der älteren Halbwüchsigen.

Zögerlich trat Kevin-Ricardo nach vorne. Ronny wurde misstrauisch. Was hatten die Jungs angestellt? Er trat zwischen den Jungs her in die Hütte und sah sich um. Am Boden lagen halb aufgerauchte Zigaretten, eine davon glühte noch. Sofort erkannte er, was hier los gewesen war.

„Scheiße, habt ihr hier geraucht, oder was?", sagte er ärgerlich, während er sich umwandte.

Doch hinter ihm stand nur noch sein Sohn, der die Schultern und den Kopf hängen ließ.

„Wo sind die hin?" – „Weggelaufen." – „Feiglinge! Trotzdem, Kevin, was soll der Scheiß? Du weißt genau, dass du noch nicht rauchen darfst!" – „Aber du machst das doch auch."

Einen Moment lang war Ronny verunsichert. Was sollte er seinem Sohn denn sagen? Teuer und ungesund waren schlechte Argumente, wenn man selbst Raucher war.

„Das darfst du halt nicht. Ist nur was für Erwachsene." Kevin-Ricardo sah ihn an.

„So wie dieser Prickelsaft, den Mama immer trinkt?" Prickelsaft? Damit konnte nur Sekt gemeint sein.

„Ja, genau. Den darfst du auch nicht trinken." – „Will ich auch gar nicht. Der schmeckt eklig…", sagte sein Sohn unüberlegt.

Ronny riss die Augen auf.

„Hast du den etwa probiert?" – „Ja." – „Spinnst du? Den darfst du auch nicht trinken, auf keinen Fall. Das hab ich dir genauso verboten wie das Rauchen!"

Der Blick seines Sohnes war noch immer nach unten gerichtet.

„Aber Mama hat uns den gegeben…", flüsterte er langsam.

Ronny war wie elektrisiert.

„Was? Und wieso ‚uns'?", stieß er überrascht aus.

„Svenja war auch dabei. Wir haben Mama gefragt, ob wir probieren dürfen.", antwortete sein Sohn, „Und dann hat Mama uns welchen eingeschenkt."

Ronny musste sich zusammennehmen, um nicht sofort wieder hoch in die Wohnung zu laufen und Ramona zur Rede zu stellen. War sie jetzt völlig verrückt geworden, den Kindern, die beide noch zur Grundschule gingen, Alkohol zu geben? Doch darum würde er sich später kümmern.

„Hör zu, Kevin. Versprich mir, dass du nie wieder heimlich rauchst, okay?" – „Okay." – „Und jetzt gehen wir erstmal zu Opa. Aber über das Rauchen sprechen wir nochmal!"

Dann nahm er seine beiden Kinder an die Hand und ging mit ihnen zu seinem Vater.

# 6

Ronnys Vater konnte man ansehen, dass er die Fünfzig schon eine Weile hinter sich gelassen hatte. Genau genommen sah er sogar noch deutlich älter aus, als er tatsächlich war, fand Ronny.

Wenigstens war er noch einmal aufgeblüht, nachdem er Enkel bekommen hatte. Ronny war froh, dass er seinen Vater auf diese Weise hatte aufwecken können. Sein Vater liebte die beiden und sie verehrten ihren Großvater, das konnte man ganz deutlich sehen. Als der alte Mann ihnen die Tür zu seiner Wohnung öffnete, lag ein leichter Brandgeruch in der Luft.

„Was ist denn bei dir los, Papa?" – „Wieso?" – „Es riecht irgendwie verbrannt." – „Achso, ja, das. Alles gut." – „Jetzt sag schon!", drängte Ronny ihn.

Sein Vater seufzte.

„Na gut. Ich wollte Kekse für euch backen, aber… sagen wir einfach, daraus wurde nichts."

Ronny war erstaunt. Er hatte noch nie erlebt, dass sein Vater gebacken hätte – außer vielleicht eine Tiefkühlpizza.

„Stattdessen hab ich dann welche gekauft. Ich hoffe, es ist in Ordnung.", sagte der erfolglose Bäcker.

„Ja!", brüllten die Kinder wie aus einem Mund und stoben an ihrem Großvater vorbei in dessen Wohnung.

Ronny konnte sich schon denken, wo sie hinliefen. Sein Vater hatte eine Modelleisenbahn und ließ die beiden damit spielen. Ronny war etwas neidisch.

Er hatte damit früher nie spielen dürfen, weil sein Vater Angst hatte, er würde etwas kaputtmachen. Aber sein Vater hatte sich sehr verändert.

„Wie sieht´s denn aus bei euch?", wurde Ronny gefragt, nachdem sie sich in die Küche gesetzt hatten.

Er wog den Kopf hin und her.

„Geht so. Ramona ist… ach, egal." – „Na sag schon." – „Kevin hat mir letztens gesagt, dass er glaubt, dass Svenja und er für Ramona egal wären."

Ronnys Vater machte ein bestürztes Gesicht, schwieg jedoch.

„Und ehrlich gesagt glaube ich das auch. Dass ich ihr egal bin, das ist nicht neu, aber bei unseren Kindern? Ich hab versucht, mit ihr zu reden, aber sie sitzt nur noch da und guckt ihre beschissenen Sendungen. Dr. Lehmann meint, sie wäre unglücklich und guckt das deswegen, um sich besser zu fühlen. Keine Ahnung, vielleicht hat er recht. Aber was kann ich dafür? Oder die Kinder?"

Ronny verstummte. Eigentlich hatte er das alles seinem Vater gar nicht erzählen wollen, doch es war so aus ihm herausgeflossen.

Er hatte seinem Vater nie erzählt, dass er Ramona nur wegen Kevin geheiratet hatte, obwohl er sie eigentlich gar nicht mochte. Doch vermutlich hatte der sich das schon gedacht.

„Das ist ja furchtbar!", antwortete sein Vater nun, „Das kann sie doch nicht machen!" – „Leider doch. Und ich kann nichts dagegen tun. Ich hab doch selbst Probleme genug…" – „Geht es ums Geld? Ich kann dir was geben, kein Problem." – „Danke, Papa, aber du hast doch selber nichts." – „Ich könnte ja meine Eisenbahn verkaufen. Der Krause von gegenüber war neulich da und hat mir vierhundert Euro dafür geboten." – „Auf keinen Fall!", sagte Ronny entsetzt.

Die Eisenbahn war das Einzige gewesen, was seinen Vater immer begeistern konnte, zumindest bis Kevin auf die Welt kam.

„Ich krieg das schon hin. Ab morgen habe ich einen neuen Job und dann schauen wir mal." – „Was ist es dieses Mal?", fragte sein Vater.

Ronny zuckte mit den Schultern.

„Weiß nicht. Mal sehen. Zumindest geht es wieder in die Schraubenfabrik."

Sein Vater blickte ihn betrübt an.

„Ich hätte dich damals doch überreden sollen, eine Ausbildung zu machen.", sagte er mit schuldbewusster Stimme.

Energisch schüttelte Ronny den Kopf.

„Nein. Das hätte doch überhaupt keinen Zweck gehabt. Ich hätte nie auf dich gehört. Außerdem hattest du andere Sorgen, seit Mama… seit damals halt." – „Hast du in letzter Zeit mal was von ihr gehört?" – „Nee. Das letzte war die Karte zu Weihnachten vorletztes Jahr. Du?"

Sein Vater schüttelte den Kopf. Eine Weile saßen sie schweigend da. Ronny dachte an seine Mutter.

Er konnte sich nicht mehr daran erinnern, wie sie aussah. Sie war mehr wie ein Schatten in seiner Erinnerung. Früher hatte sie ihm jedes Jahr zum Geburtstag einen Brief geschrieben und ein Päckchen geschickt, doch irgendwann hatte das aufgehört. Seitdem kam nur noch gelegentlich mal eine Karte.

Aber wenn Ronny ehrlich war, musste er zugeben, dass er daran vielleicht nicht ganz unschuldig war. Er hatte niemals geantwortet. Warum auch? Sie hatte damals auch ihn verlassen. Er schuldete ihr gar nichts. Die meisten Geschenke hatte er sowieso sofort weggeschmissen. Bis auf das eine Mal, als sie ihm zum 14. Geburtstag eine Wasserpfeife geschickt hatte. Die hatte dann aber sein Vater weggeschmissen. Das hatte damals einen großen Streit gegeben, aber nach der Sache im Fahrradschuppen heute konnte Ronny ihn verstehen.

Die Kinder rissen ihn aus seinen Gedanken.

„Opa, die rote Lok fährt nicht mehr.", sagte die kleine Svenja mit trauriger Stimme.

Ronnys Vater erhob sich sofort.

„Dann wollen wir doch mal schauen, woran es liegt.", antwortete er und folgte den beiden in sein Eisenbahnzimmer.

Ronny kochte in der Zwischenzeit Kaffee und blickte in den Kühlschrank, um nach Milch für die Kinder zu suchen. Dort drinnen sah es ähnlich traurig aus wie in seinem eigenen Kühlschrank, nur dass es hier kein Bier gab.

Sein Vater trank generell keinen Alkohol und hatte auch keinen im Haus, seit er kurz nach Kevins Geburt einen Entzug gemacht hatte. Ronny war sehr stolz auf seinen Vater, dass er den Entzug gemacht hatte und bis heute durchhielt, obwohl früher der Alkohol das Einzige gewesen war, was ihn vom Verlust seiner weggelaufenen Frau ablenken konnte.

Er nahm das Tetrapack mit Milch heraus, drehte den Deckel mit einem Zischen ab und schnupperte an der Öffnung. Ein säuerlicher Gestank stach ihm in die Nase. Ronny verzog das Gesicht und goss die Milch in den Abfluss.

Dann griff er ein zweites Tetrapack heraus und wiederholte die Prozedur. Auch diese Milch war sauer und musste weggekippt werden.

„Hast du noch Milch?", rief er durch den Flur.

„Im Kühlschrank steht noch welche.", antwortete sein Vater.

„Die ist sauer." – „Die zweite auch?" – „Ja!" – „Dann nicht."

Seufzend suchte Ronny nach einer Alternative. Tee? Widerlich. Kaffee? Kam nicht infrage. Er blickte erneut in den Kühlschrank. Dort stand eine Saftflasche, aber der Saft darin war oben auch schon mit Pelz bedeckt. Ronny schüttete den Saft ebenfalls weg.

Wovon lebte sein Vater bloß? Ronny dachte an den Alltag seines Vaters. Eigentlich bräuchte er mehr Unterstützung. Aber von wem? Er selbst hatte eine eigene Familie und musste nebenbei noch arbeiten, Geschwister hatte Ronny nicht und Ramona brauchte man gar nicht erst fragen.

Ronny ließ sich gegen die Kühlschranktür sinken. Wie sollte er das bloß alles schaffen? Die Probleme mit Ramona, die Kinder mussten ernährt werden, der beschissene Job, ein hilfsbedürftiger Vater. Und wo blieb er selbst? Ronny hatte auch Wünsche und Träume. Aber welche waren das noch gleich?

Er hatte schon ewig nicht mehr darüber nachgedacht. Früher, bevor Ramona mit ihrem runden Bauch vor seiner Tür gestanden hatte, da hatte er noch Träume gehabt. Er hatte Förster werden wollen. Ronny mochte den Wald sehr.

Doch wann war er zuletzt in einem Wald gewesen? Wann hatte er zuletzt einen anderen Baum gesehen als jene, die am Straßenrand an ihm vorbeirasten, wenn er im Bus zur Arbeit saß? Und selbst die konnte er nur im Sommer sehen. Im Winter war es dafür zu dunkel. Morgens noch nicht hell und abends schon wieder dunkel.

Außerdem hatte er früher vorgehabt, die Peggy zu heiraten. Peggy. Was wohl aus ihr geworden war? Sie hatten den Kontakt zueinander verloren, so wie er seine meisten Freunde verloren hatte, als er mit Ramona zusammengezogen war und Kevin zur Welt kam. Bei Gelegenheit würde er Waldi nach ihr fragen. Waldi hatte letztens noch von ihr erzählt. Ronny hatte oft an sie gedacht. Peggy hatte früher in seiner Nachbarschaft gewohnt. Im Gegensatz zu ihm war sie in der Schule ein fleißiges Mädchen gewesen und hatte es auf das Gymnasium geschafft. Er hatte nie die Gelegenheit gehabt, ihr zu sagen, was er für sie empfand.

Wieder holten seine Kinder ihn in die Wirklichkeit zurück.

„Papa, Opa sagt, du musst helfen." – „Ich?"

Ronny war wieder verwundert, aber er folgte seinen Kindern, die ihn ins Eisenbahnzimmer zogen. Dort lag sein Vater auf dem Boden und japste. Sofort war Ronny alarmiert.

„Was ist los, Papa?" – „Gar nichts, mir ist nur ein bisschen schwindlig. Kannst du mir hochhelfen?"

Ronny zog seinen Vater vom Boden hoch und stützte ihn, als sie in die Küche gingen. Dort setzte er seinen Vater in einen Stuhl.

„Kevin, gieß Opa mal etwas Kaffee ein. Aber vorsichtig! Der ist heiß."

Kevin-Ricardo brachte den Kaffee.

„So, und jetzt geht wieder spielen." – „Aber wir wollen Kekse!" – „Dann nehmt euch welche mit, aber geht jetzt raus.", warf Ronny seine Kinder aus der Küche.

„Papa, was ist los mit dir?", fragte er seinen Vater.

Der schüttelte den Kopf und machte eine abwertende Handbewegung.

„Nichts, mach dir keinen Kopf. Geht schon wieder. Ich werde auch nicht jünger."

Ronny war nicht überzeugt, aber er beschloss, es vorerst dabei zu belassen. Sein Vater war stur, wenn es um Arztbesuche ging und er würde ihn ohnehin nie dahin kriegen.

Als er und die Kinder später nach Hause gingen, verabschiedete Ronny seinen Vater mit einem besorgten Blick.

„Pass auf dich auf, ja?" – „Du auch, mein Junge, du auch."

# 7

Am nächsten Morgen saß Ronny wieder früh am Frühstückstisch und schmierte Brote für sich und die Kinder. Er hatte eigentlich gestern Abend noch mit Ramona über die Sache mit dem Sekt reden wollen, aber die Sorge um seinen Vater hatte ihn zu sehr abgelenkt.

Später war er todmüde ins Bett gegangen, hatte aber nicht schlafen können. Er hatte gegrübelt, was nun passieren sollte. Mit Ramona und den Kindern konnte es so nicht weitergehen. Mit seinem Vater auch nicht. Doch was konnte er tun? Diese Frage hatte ihn bis zum Morgen hin gequält.

Nun saß er in der Küche und war zu müde, um etwas Anderes zu machen als die tägliche Routine. Plötzlich klingelte sein Handy. Firma Drückmann.

Als er wenig später auflegte, wusste er, was Dr. Lehmann mit der Schattenseite der Flexibilität einer Zeitarbeitsfirma gemeint hatte. Er musste nun doch nicht in die Schraubenfabrik, sondern wurde zu einer Druckerei abkommandiert. Die lag in der gleichen Stadt, in der er zuvor gearbeitet hatte. Wenigstens musste er also kein neues Ticket kaufen. Umgekehrt hieß das aber auch wieder, jeden Tag Ewigkeiten im Bus zu verbringen. Außerdem musste er sich wieder an einen neuen Arbeitsplatz und neue Kollegen gewöhnen. Musste wieder die ungeschriebenen Gesetze eines

Betriebs kennenlernen und von den Kollegen akzeptiert werden. Aber was sollte er machen? Er wusste nicht, wie er es ändern sollte. Er wusste auch nicht, wie er das Problem mit seiner Frau und den Kindern oder mit seinem Vater lösen sollte.

Ronny fühlte sich, als sei er in einen Brunnen gefallen. Es gab kein Entkommen und seine einzige Chance war es, zu schwimmen und zu hoffen, dass irgendetwas Unerwartetes geschah, das ihn retten konnte.

Die Begrüßung auf seiner neuen Arbeitsstelle war sehr freundlich gewesen. Der Abteilungsleiter namens Wels – wie der Fisch – hatte ihn sehr freundlich begrüßt. Nicht von oben herab, wie das beim Herrn Schönharnovic gewesen war, sondern so, dass Ronny sich wirklich willkommen gefühlt hatte.

Auch die Kollegen waren sehr nett. Sowohl die Zeitarbeiter von Drückmann, die dort eingesetzt waren, als auch die Leute, die zum Stammpersonal der Druckerei gehörten, sogar die neue Aufgabe dort gefiel Ronny.

Er war im Papierlager eingesetzt und musste auf Abruf die jeweils gewünschte Papiersorte an den Ort bringen, wo sie gebraucht wurde. Weil die Druckerei sehr groß war, hatte er dafür einen kleinen Elektrowagen mit Ladefläche. Endlich musste er nicht mehr den ganzen Tag stehen. Auch wenn er die schweren Papierstapel heben musste, konnte er sich zwischendurch im Sitzen davon erholen. Ronny war begeistert.

Er hatte schon so einige Jobs in seiner Leiharbeiterzeit gemacht, aber dieser war definitiv der Angenehmste darunter.

Schon bald konnte er die Papiersorten voneinander unterscheiden und nach wenigen Stunden hatte er die Nummern der Druckplätze, zu denen er das Papier bringen musste, im Kopf, sodass Herr Wels, der ihn persönlich eingearbeitet hatte, ihn mit seiner Aufgabe allein ließ. Ronny hatte nun also einen neuen Job, der ihm sogar Freude bereitete. Er konnte es kaum glauben. Wenigstens hatte er wieder eine Sache in seinem Leben, die ihn nicht belastete.

Als er abends nach der Arbeit aus dem Bus stieg, überlegte er, ob er zu seiner Familie gehen sollte oder doch zuerst zu Dr. Lehmann, um ihm die guten Neuigkeiten zu berichten.

Doch schon von Weitem sah er vor seinem Haus Feuerwehr, Polizei und Rettungswagen stehen. Er rannte los, voller Angst um seine Kinder. Doch vor dem Haus wurde er von einem Polizisten gestoppt.

„Sie können hier nicht rein." – „Was ist denn hier passiert?" – „Nichts, gehen Sie weiter." – „Hören Sie, ich wohne hier und meine Kinder sind dort oben. Ich will wissen, ob es ihnen gut geht."

Der Polizist blickte ihn unbarmherzig an.

„Warten Sie draußen oder gehen Sie weiter, aber rein kommen Sie hier nicht."

Die Angst um seine Kinder machte Ronny halb wahnsinnig. Er konnte nicht warten! Mit einem wilden

Sprung am Polizisten vorbei gelangte er in den Flur und stürzte die Treppen hinauf. Der Beamte war zwar im ersten Moment verdutzt gewesen, hatte dann aber sofort die Verfolgung aufgenommen und war ihm nun dicht auf den Fersen.

Schließlich kam Ronny vor seiner Tür an, doch bevor er den Schlüssel aus der Tasche ziehen konnte, wurde er von hinten unsanft nach vorne gestoßen und knallte mit dem Kopf gegen die Wohnungstür. Er fiel kraftlos zu Boden. Von drinnen hörte er erschreckte Kinder schreien, während er auf den Bauch gedreht wurde. Der Polizist riss Ronnys Arme brutal nach hinten und legte ihm Handschellen an.

„Kevin! Svenja!", brüllte er in Richtung der Tür, die sich kurz darauf öffnete.

„Papa!"

Die beiden Kinder standen dahinter und sahen jetzt entsetzt, wie Ronny mit blutiger Stirn gefesselt auf dem Boden lag, während ein Polizist auf seinem Rücken kniete. Beide waren geschockt, doch Kevin stand stocksteif mit aufgerissenen Augen an der Tür, während Svenja sich schreiend auf den Polizisten stürzte.

„Lass meinen Papa los!"

Kurz darauf kamen von oben zwei weitere Polizisten, die den Tumult gehört hatten. Einer hielt Svenja-Chantal zurück, während der Andere, deutlich ältere, Ronny dabei half, sich auf die Treppe zu setzen.

„Was ist denn hier passiert?", fragte er seinen schnaufenden Kollegen auf Ronnys Rücken.

„Der Typ hat sich mit Gewalt Zutritt zum Haus verschafft.", antwortete dieser, „Hier oben konnte ich ihn kriegen, aber er hat sich gewehrt. Dann ging die Tür auf und das verdammte Gör ist auf mich losgegangen." – „Das ist gelogen!", heulte Ronny wütend, „Ich wollte nur nach meinen Kindern sehen."

Der andere wollte schon mit einer Erwiderung beginnen, als der ältere Polizist einschritt.

„Ruhe jetzt! Ich schicke gleich den Sani von oben runter, der soll die Stirn versorgen. Und dann bringen Sie ihn runter in den Streifenwagen. Den Rest klären wir dann auf der Wache."

Weder Ronnys lautstarker Protest noch das Weinen der Kinder konnten die Polizisten erweichen.

Nachdem der Rettungssanitäter die Stirnwunde genäht und verbunden hatte, wurde Ronny auf die Rückbank des Streifenwagens gesetzt und später mit auf die Wache genommen. Dort wurde er wegen Widerstands gegen die Staatsgewalt angezeigt und schließlich wieder nach Hause geschickt, nachdem er seine Aussage zu Protokoll gegeben hatte. Der Fußweg dauerte fast eine Stunde, wohl auch weil Ronny wegen seiner Kopfverletzung noch recht wacklig auf den Beinen war.

Zuhause angekommen, quälte er sich die Treppe hoch bis zu seiner Wohnung. Dort an der Tür klebte noch immer Blut – sein Blut. Er schloss auf und sofort sprangen ihm die Kinder entgegen.

„Papa!", riefen sie, offensichtlich erleichtert und glücklich.

Ronny war gerührt. Dass die Kinder sich solche Sorgen um ihn gemacht und ihn so sehr vermisst hatten, ließ ihm Tränen in die Augen steigen. Er nahm Svenja-Chantal auf den Arm, Kevin-Ricardo an die Hand und ging so mit ihnen ins Wohnzimmer.

Dort lief wie immer der Fernseher in einer fußballstadionartigen Lautstärke. Ramona saß auf dem Sofa, ihr Kopf hing zur Seite herab und sie schnarchte laut. Ronny stellte zuerst den Fernseher leiser. Dann sah er auf dem Tisch zwei leere Sektflaschen. Schlagartig wurde ihm bewusst, dass es schon nach elf Uhr abends war und seine Kinder immer noch angezogen in der Wohnung herumliefen. Er nahm seine Kinder noch einmal in den Arm und schickte sie dann zum Umziehen und Zähneputzen.

Während sie sich bettfertig machten, räumte er die Sektflaschen weg und ging in die Küche, um in Ruhe eine Zigarette zu rauchen. Was für ein Tag. Und was war hier bloß los? Dass Ramona Sekt trank, kam häufiger vor, aber dass sie abends besoffen auf dem Sofa pennte, anstatt ihre Kinder ins Bett zu bringen, war für Ronny neu. Und was war hier im Haus geschehen? Wieso waren Polizei, Feuerwehr und Rettungswagen hier gewesen?

Er überlegte kurz, ob Dr. Lehmann noch wach sein würde. Doch der würde wahrscheinlich auf seinem abendlichen Spaziergang sein. Außerdem wollte Ronny die Kinder nicht allein lassen. Mandy anrufen? Nein, die würde vermutlich Kundschaft haben. Er musste Ramona fragen.

Als er schließlich aufgeraucht hatte, brachte er die Kinder ins Bett. Danach ging er wieder ins Wohnzimmer.

# 8

Zuerst stellte er den Fernseher aus. Dann sprach er mit seiner Frau.

„Ramona?" Keine Reaktion. „Ramona!", sagte er lauter. Wieder nichts. Er stieß sie an, doch anstatt aufzuwachen, rutschte ihr Oberkörper zur Seite und sie fiel der Länge nach auf das Sofa. Ronny trat näher und gab ihr mit der Hand eine sanfte Ohrfeige.

„Ramona!" Vom Sofa war leises Gemurmel zu hören.

„Ramona, wach auf! Ich bin wieder da!"

Wieder nur Gemurmel. Er packte sie am Arm und zog sie unter großen Mühen in eine aufrechte Sitzposition. Dann verpasste er ihr eine weitere Ohrfeige.

„Was'n?", lallte Ramona, „Warum schlägst'n?" – „Was war hier los?"

Ramona sah ihn aus müden Augen ahnungslos an.

„Häh?" – „Die Polizei war hier. Und die Feuerwehr. Und der Krankenwagen auch. Warum waren die hier?" – „Keine Ahnung. Lass mich verdammt nochmal schlafen, ey!"

Sie wollte sich wieder hinlegen, doch er hielt sie fest.

„Verdammte Scheiße, Ramona, was ist los mit dir? Die Kinder waren noch wach und es ist schon elf Uhr durch! Und du liegst hier besoffen rum und pennst! Bist du jetzt völlig durchgedreht?"

Ruckartig befreite sie sich aus seinem Griff.

„Mir doch egal. Verpiss dich, ich will schlaf'n."

Er wollte sie wieder festhalten, doch mit erstaunlicher Kraft stieß sie ihn zurück, sodass er rückwärts über den Sofatisch fiel, der dabei zerbrach.

„Alter, guck mal. So´n Scheiß ey. Pass doch auf, scheiße ey.", lallte Ramona.

Ronny raffte sich mühsam vom Boden auf. Eine warme Flüssigkeit rann über sein Gesicht. Er tastete mit der Hand danach. Es war Blut. Die Wunde am Kopf war wieder aufgeplatzt. Ronny schäumte vor Wut.

„Ich geh jetzt ins Bett. Und wenn du fette Qualle morgen Abend nicht nüchtern bist und vernünftig mit mir redest, dann gnade dir Gott!", brüllte er, knallte die Wohnzimmertür zu und ging geradewegs ins Schlafzimmer.

Natürlich konnte er nicht schlafen. Etwas später hörte er unverkennbar Dr. Lehmann mit seinen langen Schritten durch das Treppenhaus nach oben gehen. Er stand auf, zog sich eine Jogginghose an und ging die Treppe hinauf.

Dort klopfte er leise an die Wohnungstür seines Freundes.

„Dr. Lehmann? Sind Sie noch wach? Hier ist Ronny."

Kurz darauf öffnete Dr. Lehmann. Er trug noch einen schicken Anzug, wie er es jeden Tag tat. Also war er noch nicht auf dem Weg ins Bett gewesen.

„Guten Abend, Herr Nachbar. So spät noch unterwegs?" – „Ja. Können Sie mir sagen, was hier heute los war?" – „Selbstverständlich. Kommen Sie rein, wir wollen ja nicht das ganze Haus aufwecken."

Kurz darauf saßen Sie in Dr. Lehmanns Wohnzimmer. Ronny auf der Couch und Dr. Lehmann in seinem Sessel – wie üblich. Dr. Lehmann holte aus einer Schublade seines Sekretärs ein Weinglas.

„Für Sie auch?", fragte er an Ronny gewandt.

„Nein, lieber nicht."

Dr. Lehmann zog überrascht eine Augenbraue hoch, sagte aber weiter nichts.

„Sie wollten wissen, was heute hier im Haus geschehen ist.", sagte er, während er sich ein Glas Wein eingoss, „Nun, die älteren Herrschaften aus dem siebten Stock sind verstorben."

Ronny nickte verwundert. Er hatte nicht gewusst, wer dort oben wohnte, und hatte auch schon lange niemanden mehr dort gesehen.

„Rechts oder links?", fragte er Dr. Lehmann.

„Beide.", antwortete dieser, „Die beiden Herren waren wohl befreundet. Sie haben beide Leichen in der Wohnung hier über uns gefunden." – „Ich weiß gar nicht, ob ich die überhaupt kannte. Hab da lange keinen mehr gesehen."

Dr. Lehmann nickte und sah nachdenklich aus dem Fenster.

„Die Herrschaften waren wohl auch… schon etwas länger verstorben.", sagte er zögerlich.

„Was?", fragte Ronny.

„Ich habe kurz mit dem Notarzt gesprochen.", sagte Dr. Lehmann, „Der berichtete mir, dass die beiden schon mindestens vor einem halben Jahr verstarben."

Angewidert verzog Ronny das Gesicht.

„Das heißt, die haben... seit einem halben Jahr dort oben gelegen?"

Dr. Lehmann nickte stumm.

„Und niemand hat das mitbekommen?"

Wieder nickte Dr. Lehmann. Er sah Ronny nachdenklich an.

„Genau. Wir haben es alle nicht mitbekommen. Das macht einen nachdenklich, nicht wahr? Sie haben direkt über mir gewohnt. Trotzdem ist es mir kaum aufgefallen, dass sie schon so lange nicht mehr ihre Wohnungen verlassen haben. Ist das nicht beängstigend?"

Ronny nickte. „Und wie."

Er schwieg einen Moment.

„Weiß man denn was Genaueres? Wie sind die denn beide zusammen gestorben?" – „Der Arzt vermutet einen Selbstmord. Er hat angedeutet, dass es einen Abschiedsbrief gegeben hat." – „Oh Mann. Irgendwie abgefahren.", sagte Ronny unbeholfen.

Wie konnte es denn sein, dass es niemand mitbekommen hatte? Gab es keine Verwandten, keine Freunde? Er versuchte, sich an die beiden zu erinnern, doch ihm fielen keine Gesichter ein. Erschreckend. Wie konnte es sein, dass er nicht einmal wusste, wer hier mit im Haus wohnte? Natürlich war er über Tag viel unterwegs, aber trotzdem. Er hatte sie bestimmt mal beim Einkaufen gesehen oder im Hausflur. Wenn sie niemand vermisst hatte, nach einem halben Jahr, hatten sie wohl niemanden gehabt außer sich gegenseitig.

Wie mochte es sich anfühlen, inmitten von so vielen Menschen zu leben und trotzdem so einsam zu sein? Dr. Lehmann holte ihn aus seinen Gedanken.

„Sagen Sie, wie kommt eigentlich der Blutfleck an Ihre Tür? Hat das etwas mit Ihrem Verband zu tun?" – „Was? Oh, den habe ich ganz vergessen.", sagte Ronny, „Einer von den Bullen hat mich gegen meine Tür geschubst." – „Wie bitte? Warum denn das?", fragte Dr. Lehmann, sichtlich verunsichert.

„Ich wollte gucken, ob es meinen Kindern gut geht, aber der wollte mich nicht durchlassen. Dann bin ich einfach so reingelaufen und er hinterher. Also stand ich vor meiner Tür, er kam von hinten und ist in mich rein gesprungen. Dabei bin ich mit dem Kopf gegen die Tür geknallt." – „Das ist ja ungeheuerlich. Körperverletzung ist das! Haben Sie den Polizisten angezeigt?"

Ronny lachte freudlos.

„Nein, die haben mich angezeigt. Wegen Widerstehen... gegen... Sie wissen schon." – „Widerstand gegen die Staatsgewalt?" – „Genau." – „Das ist wirklich ungeheuerlich.", sagte Dr. Lehmann empört, nahm seine Brille von der Nase und putzte Sie. Dann setzte er sie wieder auf und blickte Ronny über die Ränder seiner Brille in die Augen.

„Hören Sie, wenn Sie wollen, kümmere ich mich um die Angelegenheit. Wie Sie wissen, bin ich Jurist. Es sollte kein Problem sein, das zu bereinigen. Vielleicht kriegen Sie sogar ein Schmerzensgeld."

Ronny nickte seinem Freund respektvoll zu.

„Klar, gerne. Wenn was dabei rausspringt, umso besser. Ich kann´s gebrauchen."

Dr. Lehmann stand auf, ging zu seinem Sekretär und schrieb etwas auf ein Blatt Papier.

„Ich werde mich gleich morgen darum kümmern. Wie war denn ihr erster Tag, zurück in der Schraubenfabrik?"

Ronny musste einen Moment überlegen.

„Ach das, ja. Kommt mir vor, als sei das schon Tage her. Ich bin nicht wieder in der Schraubenfabrik. Dafür jetzt in einer Druckerei." – „Eine kurzfristige Versetzung. Zu Ihren Gunsten?" – „Was?" – „Gefällt Ihnen die Druckerei besser als die Schraubenfabrik?"

Ronny nickte eifrig. „Oh ja, und wie!"

Er berichtete Dr. Lehmann begeistert von seiner neuen Tätigkeit. Dieser nickte beifällig.

„Das hört sich doch gut an. Meinen Glückwunsch!"

Ronny dankte, dann sah er auf die Uhr und erschrak. Es war bereits nach Eins – und morgen musste er arbeiten. Er verabschiedete sich rasch und ging die Treppen hinab, dann ins Schlafzimmer und direkt ins Bett. Jetzt wusste er wenigstens, was passiert war. Kurz darauf war er eingeschlafen.

# 9

Am nächsten Morgen brach Ronny pünktlich auf in die Druckerei. Sein zweiter Tag dort stand bevor. Als er im Bus saß, war er nicht mehr ganz so aufgeregt wie gestern, aber ein bisschen Nervosität war noch da. Trotzdem freute er sich auf den Tag.

Nachdem er in der Druckerei angekommen war, rief Herr Wels ihn in sein Büro. Ronny war besorgt. Hatte er etwas falsch gemacht? Doch Herr Wels konnte ihn schnell beruhigen. Er wollte nur fragen, wie sein erster Tag gewesen war. Ob er noch Fragen hätte und ob es ihm gefallen hätte. Klar hatte es ihm gefallen. Genau so deutlich sagte Ronny auch Herrn Wels, wie zufrieden er mit seinem neuen Job war.

Kurz darauf verließ Ronny das Büro und ging an seinen Arbeitsplatz. Die Zeit bis zur Frühstückspause verging wie im Flug und im Pausenraum bekam er dann Gelegenheit, einige Kollegen näher kennenzulernen.

Gestern hatte er noch allein an einem Arbeitsplatz gegessen. Von den Kollegen erfuhr er einiges über seinen neuen Arbeitgeber. Die Druckerei Zepter war ein alteingesessenes Familienunternehmen und das merkte Ronny an der Stimmung deutlich. Die meisten Mitarbeiter kannten einander schon lange. Viele von ihnen hatten in der Druckerei ihre Ausbildung gemacht und waren geblieben. Ronny hörte ihren Gesprächen über die Arbeit und ihre Familien anfangs nur zu, doch als das Gespräch auf das Thema Fußball kam, fragte ihn schließlich einer seiner neuen Kollegen, welchem Verein er anhängen würde.

Ab dem Zeitpunkt war das Eis gebrochen und Ronny war mittendrin in einer leidenschaftlichen Diskussion, die auch in der Mittagspause noch fortgeführt wurde.

Als dann abends die Sirene den Feierabend einläutete, ging Ronny munter schwatzend zusammen mit einem Kollegen zum Bus.

„Sach ma, wie heißt du eigentlich?", fragte der ihn mit deutlich türkischem Akzent und stellte sich zuerst selbst vor, während sie einstiegen.

„Ich bin der Denis. Mit langem ‚E'." – „Ronny." Die beiden gaben sich die Hand.

„Du bist auch so´n Leiharbeitssklave, oder?" – „Ja, leider." – „Und, wie ist das so?" – „Scheiße. Viel beschissene Arbeit für wenig anständiges Geld. Sklave trifft´s schon ganz gut."

Denis nickte.

„War ich auch mal. Bis ich dann hier zu Zepter gekommen bin. Der Alte hat mich nach einem halben Jahr festangestellt. Und wo warste vorher?" – „Versandzentrum… Schraubenhersteller… beides Mist. Hier ist es deutlich besser. Wie kam´s, dass du fest bleiben durftest?"

Denis kratzte sich am Kopf.

„Weiß nich. Ich hab ganz normal gearbeitet und irgendwann hat mich der Alte in sein Büro geholt. Da hatte ich echt die Hosen voll, kannste mir glauben. Aber dann hat er nur gequatscht, was ich für gute Arbeit machen würde und so´n Zeug. Und dann hat er gesagt, wenn das so weiter geht, dann krieg ich bei ihm einen Vertrag. Zwei Wochen später musste ich nochmal hin und dann konnte ich direkt unterschreiben."

Ronny nickte anerkennend. Ob er das auch schaffen konnte? Doch dann fiel ihm ein, dass in seinem Vertrag mit Drückmann eine ‚Ablösesumme' stand, die ein Unternehmen bezahlen müsste, um ihn übernehmen zu können. Das würde wohl niemand machen.

„Ziemlich krass, oder?", setzte Denis nach.

Ronny nickte wieder.

„Und wie. Hätte ich auch gerne." – „Gut arbeiten und abwarten, dann kriegste deine Chance."

Ronny schüttelte traurig den Kopf.

„Nee. Da müsste Zepter für mich Ablöse an Drückmann zahlen. Das werden die nicht machen." – „Ja denkste. Hab ich nämlich auch gedacht. War bei mir auch so. Aber Zepter hat´s bezahlt."

In Ronny keimte Hoffnung auf. Der Job gefiel ihm, die Kollegen und das Umfeld waren super. Wenn er wirklich dort angestellt werden könnte, wäre das vielleicht die Wende in seinem Leben. Er könnte mit Ramona und den Kindern herziehen in eine schönere Wohnung. Endlich könnte er den Kindern tolle Geschenke machen. Und er selbst könnte sich mal wieder neue Klamotten kaufen. Das hatte er schon seit Jahren nicht mehr getan. Die meisten seiner Klamotten stammten noch aus seiner Schulzeit. Ronny nahm sich vor, sich in Zukunft bei der Arbeit besonders anzustrengen. Das hier war seine Chance und er würde alles tun, um die zu nutzen.

Denis war schon einige Haltestellen vor Ronny ausgestiegen und hatte ihn damit seinen Träumereien überlassen. Ronny war richtig euphorisch, als er aus dem Bus stieg.

Doch als er schließlich vor seinem Haus stand, fiel ihm ein, dass er noch ein Gespräch mit Ramona vor sich hatte. Missmutig öffnete er die Haustür und trat ein. Als er die Treppe zum zweiten Stock hochging, öffnete sich Mandys Wohnungstür.

„Tach Mandy." – „Hi Ronny. Du... hast du mal einen Moment?" – „Klar, was ist los?"

Mandy blickte zu Boden. Was immer sie wollte, es war ihr sichtlich unangenehm. Ronny sah das. Einerseits machte es ihn neugierig und andererseits wollte er ihr helfen.

„Komm, schieß los.", sagte er.

Sie seufzte noch einmal, dann sah sie ihm in die Augen.

„Weißte, ist mir echt ein bisschen unangenehm, aber es geht nicht anders. Ich brauch die Kohle für neue Klamotten und so... Also... ihr schuldet mir noch Geld."

Ronny runzelte die Stirn. Dann erinnerte er sich.

„Achja, neulich abends beim Einkaufen, stimmt. Da haste mir ja ausgeholfen. Wie viel war das noch? Zwanzig Cent?"

Mandy schüttelte mit traurigem Lächeln den Kopf.

„Nee, das kannste behalten. Geht eher um das Geld für die Einkäufe für Ramona." – „Welche Einkäufe für Ramona?", fragte Ronny verdutzt.

„Wir haben die Abmachung, dass ich euch jeden Montag einen Karton Sekt hochbringe und dann zwanzig Euro dafür kriege. Weißte das denn nicht? Ich dachte, das wäre für euch beide."

Ronny war völlig vor den Kopf gestoßen. Zwanzig Euro – jede Woche! Wieso hatte er das nicht gemerkt? Und was machte Ramona mit dem ganzen Sekt? Trank sie den etwa selbst? Und wo waren die Flaschen alle geblieben? Verdutzt sah Ronny die Mittvierzigerin vor ihm an, die ihn erwartungsvoll ansah. Er riss sich zusammen.

„Nee, das wusste ich nicht. Scheiße. Wie viel kriegste denn noch?" – „Die letzten drei Monate, also dreizehn Montage."

Ronny rechnete kurz nach und erblasste.

„Das sind ja fast dreihundert Euro!", flüsterte er.

„Ja, deswegen halt. Ich hab doch selbst auch nicht so viel über.", sagte Mandy.

„Scheiße. Nee, alles gut, du kannst ja nix dafür. Verdammte Scheiße.", fluchte Ronny, „Wieso… ach… Mist. Seit wann geht das denn schon?"

Mandy dachte nach.

„Ich bin mir nicht sicher. Zwei Jahre? Drei?"

Ronny ließ sich auf die Treppe fallen.

„Das sind ja… ein paar Tausend Flocken… nur für den Scheißsekt."

Mandy nickte.

„Tut mir auch echt leid, Ronny, ich weiß doch, dass ihr auch nichts habt. Aber ich dachte, wo du doch jetzt einen neuen Job hast, wär´s vielleicht besser."

Ronny vergrub das Gesicht in den Händen.

„Du kriegst dein Geld. Ich weiß noch nicht, wie und wann, aber du kriegst das. Sobald es geht. Versprochen!" – „Danke, Ronny."

Mandy stammelte noch eine Entschuldigung und schloss dann die Wohnungstür hinter sich. Ronny blieb allein im Flur. Er hatte das Gefühl, alles würde über ihm zusammenbrechen. Er musste raus an die frische Luft. Rauf auf das Dach. Sofort. Er sprintete die vielen Treppen hoch, riss die Tür auf und sprang nach draußen.

Dort angekommen schloss er die Augen, legte den Kopf in den Nacken und atmete tief ein. Nachdem er ein paar Minuten dort gestanden hatte, öffnete er die Augen wieder und ging zum Rand des Dachs. Wie hatte er das bloß übersehen können? Es war doch so offensichtlich gewesen. Sie hatte oft eine Fahne, war nicht mehr selbst einkaufen gegangen, hatte die Kinder verlottern lassen, schlief meistens bis mittags, war oft mies gelaunt und wollte nie mit ihm reden… Kein Wunder, wenn sie ständig besoffen war. Er war so blind gewesen.

Ronny blickte vom Dach hinunter auf den Bürgersteig. Wieder einmal fragte er sich, wie es sein würde, noch einen Schritt nach vorne zu gehen. Sich fallen zu lassen. Würden dann Glückshormone seinen Körper überschwemmen? Oder würde er in Panik verfallen?

Würde sein ganzes Leben noch einmal vor ihm ablaufen? Davor grauste ihm. Er hatte überhaupt nichts erreicht in seinem Leben. Wenn das wirklich das Letzte wäre, was er sehen würde, wäre das eine Qual.

Ob es bei Ramona wohl auch so wäre? Eigentlich kannte er sie kaum. Klar, sie lebten seit Jahren zusammen. Er kannte ihre Launen, ihre Gewohnheiten, ihre Vorlieben. Aber über ihre Vergangenheit wusste er fast nichts. Er wusste nicht, was sie dachte. Ob sie früher auch Träume gehabt hatte? Über solche Dinge hatten sie nie gesprochen. Aber irgendeinen Grund musste es ja gegeben haben, dass sie mit dem Trinken angefangen hatte. Doch das musste jetzt ein Ende haben. Vielleicht würde sie dann auch wieder nahbarer werden. Vielleicht konnte er dann wieder vernünftig mit ihr reden. Vielleicht würde sie sich dann auch wieder anständig um die Kinder kümmern. Die Kinder! Er musste sofort nach ihnen sehen.

Ronny eilte die Treppen wieder herunter und schloss die Tür zu seiner Wohnung auf. Dort war alles wie immer. Die Kinder spielten miteinander und stritten sich. Der Fernseher lief auf voller Lautstärke. Ronny ging zuerst zu den beiden Kleinen.

Heute wollten sie wieder ‚popellen'. Nachdem sie eine Weile getobt hatten, schickte er sie zum Umziehen und Zähne putzen und ging ins Wohnzimmer. Ramona war wach und starrte auf den Fernseher.

„Bin wieder da.", sagte er.

Sie brummte nur. Normalität. Alles sah aus wie immer, wenn er nach Hause kam. Doch es war nicht mehr wie immer. Er sah sich im Wohnzimmer um, doch er konnte keine Flaschen entdecken. Ronny brachte die Kinder ins Bett. Dann ging er in die Küche und suchte nach den Sektvorräten. Auch hier konnte er nichts finden. Im Schlafzimmer war seine Suche ebenfalls erfolglos. Er ging wieder ins Wohnzimmer.

„Mach mal leiser." – „Was?", brüllte Ramona.

„Leiser!", brüllte Ronny zurück.

Ramona reduzierte die Lautstärke geringfügig.

„Hab gerade Mandy im Flur getroffen.", sagte Ronny und machte eine Pause, um zu sehen, wie Ramona reagierte.

Sie sagte gar nichts und wandte den Blick nicht vom Fernseher ab.

„Mandy sagt, wir schulden ihr noch Geld.", fuhr er fort und machte wieder eine Pause. Keine Reaktion.

„Geld für kistenweise Sekt.", präzisierte er.

Ein kleines Zucken ging durch Ramonas Gesicht. Dann hatte sie sich wieder unter Kontrolle.

„Was für´n Sekt?" – „Den sie dir gebracht hat." – „Was?" – „Sie hat dir jede Woche Sekt gebracht! Eine ganze Kiste!"

Zum ersten Mal seit Beginn ihrer Unterhaltung sah Ramona ihm in die Augen.

„Nee.", sagte sie.

„Wie ‚nee'? Sie hat gesagt, du hättest ihr jeden Montag zwanzig Euro für eine Kiste Sekt gegeben, die sie dir hier hochgeschleppt hat." – „Nee."

Ronny wurde wütend.

„Meinste, die hat sich das nur ausgedacht, oder was?"
– „Weiß nich." – „Scheiße, jetzt gib's doch wenigstens
zu, verdammt nochmal! Du säufst!" – „Wer von uns
trinkt denn jeden Abend seine Bierchen?"
Ronny sah sich plötzlich in die Defensive gedrängt.
„Was? Das ist doch was völlig Anderes. Das ist hier und
da ein Bier. Mehr nicht. Aber du versäufst hier ein
halbes Vermögen!" – „Nee." – „Also lügt Mandy?" – „Ja."
Hilflos wedelte Ronny mit den Händen und wollte etwas
sagen, doch er wusste nicht mehr weiter. Er war sich
ganz sicher, dass Ramona log, doch was sollte er tun?
Schließlich verließ er kommentarlos das Wohnzimmer
und ging ins Bett.

# 10

Als Ronny am Morgen darauf in die Druckerei kam, war dort die Stimmung irgendwie anders als an den Tagen zuvor. Ronny wusste das nicht so recht einzuordnen. In der Frühstückspause fragte er Denis.

„Heute sind Leute von außen da. Keine Ahnung, was die hier wollen. Im Moment sitzen die beim alten Zepter im Büro. Alles nur Schlipsträger. Ich hab heute Morgen mit Anastasia aus der Verwaltung gesprochen. Kennste die schon? Sieht verdammt heiß aus! Die meint, vielleicht Unternehmensberater oder sowas."

Unternehmensberater? In Ronny Gedächtnis klingelte etwas. War nicht Dr. Lehmann früher selbst bei einer Unternehmensberatung gewesen? Ronny nahm sich vor, nach der Arbeit mit ihm darüber zu sprechen.

Doch zuvor hatte er zuhause noch etwas Anderes zu erledigen. Er hatte noch immer nicht Ramonas Sektvorrat gefunden. Ronny war aber fest entschlossen, dass sich das heute ändern würde.

Ramona saß wie immer im Wohnzimmer und wie üblich sie nahm keine Notiz von ihrem Mann, während der die Küche und das Schlafzimmer auf den Kopf stellte. Auch nach einer Stunde gründlicher Suche hatte er nichts gefunden. Im Wohnzimmer konnte auch nichts sein, dort würde man es sehen. Zur Wohnung gehörte noch ein Keller, aber Ronny konnte sich nicht vorstellen, dass

Ramona für jede Flasche runtergehen würde – dafür war sie viel zu faul.

Schließlich ging Ronny in das Zimmer seiner Tochter, wo beide Kinder zusammen spielten, und setzte sich eine Weile zu ihnen. Langsam wurde es für die beiden Zeit, ins Bett zu gehen.

Wie jeden Abend schickte Ronny die Kinder los, um sich umzuziehen und Zähne zu putzen. Er selbst blieb sitzen und grübelte. Seine Tochter riss ihn aus seinen Gedanken.

„Papa, gibst du mir den Schlafanzug mit den glitzernden Einhörnern drauf?", fragte sie.

„Klar.", antwortete Ronny, stand auf und ging zum Kleiderschrank.

Als er die Tür öffnete, traf ihn fast der Schlag. Hinter den Kleidern seiner Tochter konnte er sehr deutlich verkorkte Hälse von dickbäuchigen Flaschen sehen. Mühsam riss er sich zusammen, damit Svenja-Chantal nicht mitbekam, was in ihm los war, und gab ihr den gewünschten Schlafanzug.

Nachdem sie den angezogen hatte, schickte er sie ins Badezimmer. Ronny nahm vier Flaschen heraus. Es waren tatsächlich volle Sektflaschen. Wut entbrannte in ihm. Ramona hatte nicht nur gesoffen, gelogen und die Kinder vernachlässigt, sie hatte die beiden sogar mit reingezogen! Er stiefelte ins Wohnzimmer und knallte die Flaschen auf den Tisch.

„Was ist das?" – „Weiß nich." – „Das ist Sekt. Der Sekt, den du im Kleiderschrank unserer Tochter versteckt hast!", brüllte Ronny.

„Nee.", war Ramonas Antwort.

„Nee? Scheiße, wer sollte den denn sonst dahingestellt haben? Unsere Tochter vielleicht?" – „Weiß nich. Du?"

Das war zu viel für Ronny. Er sprang auf sie zu, packte sie bei den Schultern und schüttelte sie heftig.

„Ich?", schrie er, „Ich soll literweise Sekt im Schrank meiner Kinder verstecken? Du willst mich wohl verarschen! Fällt dir nichts Besseres ein?"

Ramona riss sich los und stieß ihn weg. Dann legte sie los.

„Glaubst du Dreckssack vielleicht, dass ich das toll finde? Glaubst du, dass es mir gut geht? Einen Scheiß tut es! Verdammt, ja, ich saufe. Aber ich saufe nur, weil es mich davon abhält, dich nachts zu erwürgen! Ich saufe, weil ich dich sonst nicht mehr ertrage!"

Einen Moment lang starrten sie sich beide wutschnaubend an, dann ließ Ramona sich auf ihr Sofa sinken, griff eine Flasche, öffnete sie und nahm einen Schluck.

„Siehst du?", giftete sie, „Und schon ertrage ich dich wieder ein paar Minuten."

Ronny war fassungslos. Dass er ihr nichts bedeutete, war ihm immer klar gewesen. Aber wann hatte sie angefangen, ihn so sehr zu hassen?

„Glaub mir eines!", fauchte er, „Wenn die Kinder nicht wären, dann hätte ich dich schon lange rausgeworfen. Dann hätte ich dich fette, faule Kuh niemals wiedersehen müssen."

Er griff nach den verbleibenden Flaschen, verließ das Wohnzimmer und stapfte wütend in Richtung Küche.

Auf dem Flur sah er seine beiden Kinder mit ängstlicher Miene in Richtung ihrer Eltern blicken.

„Geht ins Bett!", wies er sie scharf an.

Er sah die Tränen in Svenja-Chantals Augen, als sie von innen die Tür schloss. Daran war nur Ramona schuld. Ihre Sauferei war schuld an allem!

In der Küche angekommen, öffnete er die erste Flasche und goss den Sekt in die Spüle. Er konnte hören, wie sich im Wohnzimmer etwas bewegte. Mit einer Geschwindigkeit, die er seiner deutlich übergewichtigen Frau niemals zugetraut hätte, lief sie in Richtung der Küche. Schnell warf er die Küchentür zu und schloss sie von drinnen ab. Kaum hatte er den Schlüssel rumgedreht, hörte er Ramonas Fäuste an die Tür hämmern.

„Mach auf!", schrie sie, „Mach sofort auf!"

Ihre Stimme überschlug sich. Er öffnete die anderen Flaschen und goss auch sie weg, während er ihr verzweifeltes Jammern vor der Tür genoss.

Schließlich stellte er die leeren Flaschen auf den Tisch, schloss die Tür auf und öffnete sie. Ramona war mit einem Schritt in der Küche. Ihr Blick fiel auf die leeren Flaschen.

„Nein!", jaulte sie verzweifelt.

Ronny ging währenddessen langsam aus der Küche durch den Flur. Er brauchte frische Luft. Er hatte gerade die Hand an die Klinke der Wohnungstür gelegt, als eine Flasche neben ihm an der Wand zerbarst. Geschockt drehte er sich um und sah, wie Ramona mit wutverzerrtem Gesicht in der Küchentür stand und die nächste Flasche hob. Schnell öffnete er die Tür, sprang heraus und noch während er sie hinter sich zuzog, hörte er das nächste krachende Splittern an der Innenseite der Tür.

„Verpiss dich!", brüllte Ramona von drinnen, „Und komm nie wieder!"

Eine weitere Flasche explodierte an der Innenseite der Tür. Ronny stand im Flur ihres Hauses. Sein Herz schlug ihm bis zum Hals. Ramona war wahnsinnig. Er musste die Kinder in Sicherheit bringen.

Er wartete, bis er das laute Knatschen hörte, welches das Sofa von sich gab, wenn Ramona sich setzte. Dann öffnete er vorsichtig die Wohnungstür und schlich zum Zimmer seiner Tochter. Leise öffnete er die Tür, schlüpfte schnell hinein und lehnte die Tür hinter sich wieder an.

„Svenja, nimm deinen Hasi mit und zieh dir eine Jacke an. Wir gehen zu Opa."

Svenja weinte stumm, nickte aber tapfer und tat, wie er ihr aufgetragen hatte. Er nahm sie auf den Arm und schlich vorsichtig in das Zimmer von Kevin-Ricardo. Ronny gab ihm den gleichen Auftrag wie seiner Schwester und auch sein Sohn machte sich sofort fertig. Er nahm auch ihn auf den Arm. So mussten die beiden Kinder wenigstens nicht durch die Scherben laufen.

Vorsichtig bemüht, keinen Laut zu erzeugen, schlich er durch den Flur bis zur Wohnungstür, öffnete sie und trat heraus. Als er sich umwandte, um sie zu schließen, sah er Ramona aus dem Wohnzimmer kommen. Sie jaulte wie ein Wolf.

„Nein! Du nimmst mir meine Kinder nicht weg!", schrie sie.

Doch Ronny hatte schon lange die Tür hinter sich geschlossen und schloss sie nun von außen ab. Er hörte, wie Ramona den Schlüssel suchte. Ronny wusste, dass sie sich an die Verfolgung machen würde. Mit beiden Kindern wäre er die Treppen herab zu langsam. Außerdem war Ramona in ihrem jetzigen Zustand alles zuzutrauen. Wo sollte er bloß hin? Nach oben! Er eilte mit den Kindern ein Stockwerk hinauf und wollte gerade bei Dr. Lehmann klopfen, als die Tür aufging.

„Kommen Sie rein.", sagte der große Mann, schob sie an sich vorbei in seine Wohnung und schloss schnell die Tür hinter ihnen.

Aus dem Hausflur konnte man deutlich die Flüche von Ramona und ihre wüsten Beleidigungen gegen Ronny hören, die langsam leiser wurden.

„Sie geht nach unten. Ich denke, hier oben sind Sie vorerst in Sicherheit.", sagte Dr. Lehmann.

Ronny nickte nur. Dr. Lehmann fuhr fort.

„Ich schlage vor, wir bringen zuerst die Kinder ins Bett. Ich kann Ihnen nur mein eigenes anbieten."

Ronny sah seinen Freund dankbar an. Dann ging er mit den Kindern in Dr. Lehmanns Schlafzimmer und legte beide in dessen großes Bett. Svenja-Chantal weinte noch immer und wollte ihren Papa nicht loslassen. Kevin-Ricardo lag bloß stumm mit weit aufgerissenen

Augen da und starrte an die Decke. Ronny redete seinen Kindern gut zu und legte sich schließlich zwischen sie. Svenja-Chantal kuschelte sich an ihn und war bald eingeschlafen. Auch Kevins Atem hatte sich beruhigt.

Schließlich stand Ronny vorsichtig auf, deckte seine Kinder gut zu und ging zu seinem Freund, der in seinem Sessel saß und nachdenklich aus dem Fenster starrte.

# 11

Vor Dr. Lehmann stand ein Glas Wein auf dem Tisch. Ronny sah es, nachdem er sich gesetzt hatte, und erst in diesem Moment wurde er sich dessen bewusst, was ein Stockwerk tiefer soeben geschehen war.

„Wie geht es den Kindern?", fragte Dr. Lehmann.

Ronny seufzte.

„Abwarten. Immerhin schlafen sie. Wir müssen mal schauen, wie es ihnen morgen geht."

Dr. Lehmann nippte an seinem Weinglas.

„Darf ich Ihnen auch etwas anbieten?" – „Nein, danke. Mit diesem Zeug hat der ganze Mist doch erst angefangen."

Ronny legte das Gesicht in die Hände, schloss die Augen und erzählte seinem Freund von Ramons Sauferei und was genau unten in der Wohnung vorhin geschehen war. Dr. Lehmann nickte verständnisvoll.

„Nun verstehe ich. Den größten Teil Ihres Streits konnte ich leider mit anhören. Ich bitte um Verzeihung dafür, aber die Wände waren nicht dick genug, um das überhören zu können."

Ronny winkte ab, sein Gegenüber fuhr fort.

„Das ist eine äußerst problematische Situation. Was gedenken Sie nun zu tun?"

Ronny schwieg eine Weile und zuckte dann mit den Schultern.

„Ich weiß nicht so recht. Die Kinder können auf keinen Fall zurück zu ihr. Wer weiß, was sie denen antun würde? Aber unsere ganzen Sachen sind ja noch in der Wohnung. Und ich muss arbeiten, die Kinder zur Schule. Wer kümmert sich nachmittags um die Kinder? Es muss ja auch jemand sein, den die Kinder gut genug kennen, dass sie sich da wohlfühlen." – „Da falle ich dann wohl durch das Suchgitter", sagte Dr. Lehmann trocken, „Aber ich will nicht vorgaukeln, das würde mir etwas ausmachen. Ich sehe mich in vielen Bereichen gut aufgestellt, was die benötigten Fähigkeiten angeht – aber als Kindermädchen wohl eher nicht."

Diese Offenbarung entlockte Ronny ein leichtes Grinsen. Er konnte sich Dr. Lehmann auch nicht mit Kindern vorstellen. Er war ein brillanter Kopf. Ganz sicher der Klügste, den Ronny je kennengelernt hatte, aber für den Umgang mit Kindern brauchte es nicht Wissen und Intelligenz, sondern Emotionalität und eine gewisse Verspieltheit. Nicht unbedingt die ersten Begriffe, die Ronny zu Dr. Lehmann einfallen würden.

Doch dieser hatte eine andere Idee.

„Was ist mit Ihrem Vater?" – „Daran hatte ich auch schon gedacht. Dort könnten wir für eine Weile unterkommen. Und meinem Vater wird es guttun, wenn da ein bisschen Leben in die Bude kommt."

Ronny war erleichtert. Wenigstens eine Sorge konnte er nun zu den Akten legen.

„Ich werde ihn gleich anrufen." – „Nein.", widersprach Dr. Lehmann, „Ihr Vater wird sicherlich schon schlafen. Lassen Sie ihm die Nachtruhe. Sie bleiben heute Nacht mit Ihren Kindern bei mir. Morgen früh rufen Sie Ihren Vater an und bitten ihn, die Kinder von der Schule abzuholen. Und wenn Sie morgen früh dann zur Arbeit gegangen sind, bringe ich Ihre Kinder zur Schule."

Ronny sah seinen Freund dankbar an.

„Das würden Sie für mich tun? Ich weiß gar nicht, wie ich Ihnen danken soll."

Er stand auf und schüttelte Dr. Lehmann die Hand. Der wollte davon jedoch nichts wissen.

„Das ist nicht der Rede wert.", sagte er abwehrend und wechselte das Thema.

„Wie war denn heute Ihr Arbeitstag in der Druckerei?"

Ronny war dankbar für diese Ablenkung und erzählte von Denis und von seinem Traum, vielleicht selbst auch eines Tages übernommen zu werden. Schließlich kamen sie auf die gut gekleideten Leute zu sprechen, die eventuell Unternehmensberater gewesen waren.

„Unternehmensberater sind ein Produkt der Gewinnmaximierungsorientierung unserer Zeit.", sagte Dr. Lehmann später.

„Sie helfen vielen kriselnden Unternehmen, wieder auf die Beine zu kommen. Das muss man ihnen hoch anrechnen. Sie helfen aber auch den eigentlichen gesunden Unternehmen, wirtschaftlich besser dazustehen. Und um welchen Preis? Menschen werden gekündigt und verlieren ihre Existenzen. Und wozu? Damit den Besitzern der Unternehmen, meistens Gesellschaften von wohlhabenden Aktionären, am Ende des Jahres eine möglichst hohe Dividende ausgezahlt werden kann. Das ist im wahrsten Wortsinn asozial." – „Sind sie deshalb nicht mehr dort angestellt?" – „Exakt. Für Menschen mit sozialem Gewissen ist dort wenig Platz. Ich war nicht effizient genug, weil ich im Zweifel für den Menschen und nicht für das Geld entschieden habe. Natürlich muss das manchmal sein. Wenn die Firma gut zu ihren Mitarbeitern ist, aber daran zugrunde geht, sind die Mitarbeiter auch arbeitslos. Das würde niemandem nützen. Wenn es den Firmen, die ich beraten habe, aber gut ging, dann habe ich mich immer für den Menschen und nicht für mehr Gewinn entschieden. Aber das war so nicht gewünscht. Mein Chef hat von mir verlangt, ausschließlich nach dem Prinzip der Gewinnmaximierung zu arbeiten – dann habe ich gekündigt."

Ronny nickte respektvoll.

„Aber verdient man da nicht einen Haufen Geld?"

Auch Dr. Lehmann nickte.

„Sicherlich. Hunderttausend Euro im Jahr waren bei uns noch ein eher niedriges Gehalt. Aber Geld ist nicht alles. Was nützt es mir, wenn ich zwar vermögend bin, aber dafür nicht mehr in den Spiegel sehen kann?"

Er schwieg kurz. „Wissen Sie, mein Freund, Unternehmensberatungen arbeiten daran, Unternehmen zu perfektionieren. Aber Perfektion ist nicht menschlich. Menschen haben und machen Fehler, haben Schwächen, haben schlechte Ideen, tun törichte Dinge. All das zeichnet uns aus. Perfektion dagegen ist zutiefst unmenschlich."

# 12

Am Tag darauf erwachte Ronny nicht in seinem Bett. Er brauchte einen Moment, um sich zu orientieren. Rechts und links neben ihm lagen seine beiden Kinder, doch das Schlafzimmer kam ihm fremd vor. Dann fiel ihm wieder ein, was gestern passiert war. Vorsichtig nahm er sein Handy vom Nachttisch. Fünf Uhr. Eigentlich noch zu früh, um aufzustehen, aber sein Kopf arbeitete schon auf Hochtouren. Die Kinder brauchten ihre Schulsachen und er selbst seine Arbeitsklamotten. Er musste sie aus ihrer Wohnung holen, auch wenn er sich vor dem fürchtete, was ihn dort erwarten würde.

Schließlich stand er auf und verließ die Wohnung seines Freundes Dr. Lehmann. Er stieg die Treppen herab und blieb vor seiner Wohnungstür stehen. Vorsichtig lauschte er mit einem Ohr an der Tür. Drinnen war es ruhig. Er zog den Schlüssel aus der Tasche und zog langsam die Tür auf. Dann erschrak er. Drinnen sah es schrecklich aus.

Ramona hatte gewütet wie eine tollwütige Wildsau. Im Flur lagen nicht nur die Scherben der Flaschen, mit denen sie nach ihm geworfen hatte, sondern auch umgeworfene Schränke, Klamotten und allerlei anderes Zeug. Bemüht, nicht auf etwas zu treten, das Geräusche machen konnte, schlich Ronny durch den Flur bis in die Zimmer seiner Kinder.

Dort griff er wahllos einige Klamotten und dann ihre Schultaschen. Sofort brachte er beides in Dr. Lehmanns Wohnung in Sicherheit und stieg wieder herab, um seine Sachen für die Arbeit zu holen. Zuerst holte er aus der Küche seine Brotdose und die Thermoskanne.

Dann kam der schwierigste Teil. Sein neuer Blaumann lag im Schlafzimmer. Mit größter Vorsicht öffnete er die Tür. Auf dem Bett lag Ramona und schnarchte leise vor sich hin. Er schlich um das Bett herum, hob seinen Blaumann auf und ging dann auf Zehenspitzen zurück zur Tür. Klirr! Kurz vor der Tür war er gegen eine leere Sektflasche gelaufen. Plötzlich fiel Ronny die Stille auf. Stille? Stille! Ramona hatte aufgehört zu schnarchen!

Dann hörte er hinter sich eine Bewegung. Jetzt musste er schnell sein. Er sprang über die Trümmerhaufen im Flur, packte seine Arbeitsschuhe, die neben der Tür standen und floh nach oben. Noch bevor er die Tür von Dr. Lehmanns Wohnung geschlossen hatte, hörte er von unten Schreie wie von einer Sirene.

„Ronny, du Mistkerl! Ich bring dich um!"

Kurz darauf konnte Ronny hören, wie Ramona ins Treppenhaus stampfte und dort weiterschimpfte, doch Ronny hatte es geschafft. Er war entkommen und Ramona hatte scheinbar keine Ahnung, wohin er geflüchtet war. So weit, so gut.

„Sie wären kein guter Einbrecher geworden.", hörte er Dr. Lehmanns Stimme hinter sich.

Erschrocken drehte Ronny sich um.

„Puh… nein. Aber das musste jetzt sein."

Dr. Lehmann warf einen Blick auf die Sachen, die Ronny erbeutet hatte und nickte.

„Ja, das haben Sie gut gemacht. Soll ich Ihnen einen Kaffee kochen?" – „Gerne! Den kann ich jetzt gut brauchen."

Während Dr. Lehmann in die Küche ging, um für Ronny einen Kaffee und für sich einen Tee zu kochen, betrachtete Ronny noch einmal seine Beute. Hatte er alles, was er brauchte? Hoffentlich fehlte bei den Schulsachen der Kinder nicht allzu viel. Er hatte nicht geguckt, was noch auf ihren Schreibtischen lag. Ronny beschloss, zuerst nach den Kindern zu sehen. Kevin-Ricardo war schon wach. Er starrte wie schon gestern Abend mit weit geöffneten Augen an die Decke. Als Ronny näher kam, sah Kevin-Ricardo ihn traurig an.

„Müssen wir jetzt für immer hier bleiben?"

Ronny schüttelte energisch den Kopf.

„Nein. Dr. Lehmann bringt euch gleich zur Schule und heute Nachmittag holt Opa euch dann ab. Und heute Abend, wenn ich Feierabend habe, komme ich auch zu Opa." – „Dann wird Mama bestimmt böse." – „Um die brauchst du dir keine Sorgen mehr zu machen."

Kevin-Ricardo schwieg und starrte wieder an die Decke. Inzwischen war Svenja-Chantal aufgewacht. Zuerst sah sie sich ängstlich um, doch dann entdeckte sie ihren Vater.

„Papa, muss ich heute trotzdem zur Schule?"

Wider Willen musste Ronny lächeln. Die Kleine hatte die Schrecken von gestern wohl deutlich besser weggesteckt als ihr Bruder.

„Wer möchte einen Kakao?", fragte Dr. Lehmann, der mit einem Tablett ins Zimmer gekommen war.

Svenja-Chantal jubelte, sprang aus dem Bett und nahm glücklich eine Tasse vom Tablett. Auch Kevin-Ricardo erhob sich, wenn auch viel langsamer, und ging schüchtern zu Dr. Lehmann.

„Nimm ruhig, Kevin.", sagte dieser und vorsichtig griff Kevin zu.

„Die dritte hier ist für Sie, Ronny."

Dankbar nickte Ronny ihrem Gastgeber zu.

„Ich weiß wirklich nicht, wie ich Ihnen danken soll. Wir werden so schnell wie möglich von hier verschwinden, das verspreche ich."

Dr. Lehmann winkte wortlos ab und ging wieder zurück in die Küche.


Bei der Arbeit war Ronny heute nicht ganz bei der Sache. Er erledigte seine Aufgaben wie in Trance, während er darüber nachdachte, was nun werden sollte. Wohnen konnten sie vorerst bei seinem Vater. Ronny hatte ihn heute Morgen angerufen und er hatte ihnen selbstverständlich zugesichert, bei ihm unterkommen zu können.

Eigentlich hatte Ronny ihm noch genauer von der letzten Nacht berichten wollen, aber dann war sein Akku leer gewesen. Und das Ladegerät hatte natürlich noch unten in der Wohnung gelegen. Letztlich hatte Ronny geschimpft und dann beschlossen, seinem Vater abends davon zu berichten. Immerhin hatten sie nun ein Dach über dem Kopf. Das war eine Sorge weniger, denn sein Vater hatte die nötige Zeit, sich um die Kinder zu kümmern, während Ronny arbeitete. Aber eine Dauerlösung war das nicht, dafür war die Wohnung seines Vaters zu klein. Und was war mit ihrer alten Wohnung? Dort war Ramona und zu ihr würde Ronny die Kinder nie wieder zurücklassen. Nie wieder!

Als Ronny abends bei der Wohnung seines Vaters ankam, hatte er kaum geklingelt, als sein Vater mit hochrotem Kopf die Tür aufriss.

„Ronny, endlich. Es ist furchtbar!" – „Beruhige dich erstmal, bevor du wieder zusammenklappst."

Ronny schob seinen Vater, der bereits nach Luft schnappte, in die Küche auf einen Stuhl und brachte ihm ein Glas Wasser.

„So. Was ist los?"

Erst jetzt fiel ihm auf, dass Kevin-Ricardo und Svenja-Chantal nicht hier waren.

„Wo sind die Kinder?", fragte er panisch.

„Das ist es ja!", keuchte sein Vater, „Ramona war heute Mittag auch an der Schule und hat sie mitgenommen. Ich konnte nichts machen! Ich hab noch versucht, den Lehrern die Sache zu erklären, aber Ramona ist nun mal die Mutter. Am Ende haben die ihr die Kinder mitgegeben. Ich hab versucht, dich anzurufen, aber auf dem Handy ging es irgendwie nicht und bei der Schraubenfabrik hat mir ein Herr Schönharnovic nur gesagt, du wärst nicht da."

Ronny seufzte.

„Scheiße. So ein Arschloch. Verdammter Mist!", fluchte er, „Papa, Ramona säuft. Sie hat gestern die ganze Wohnung kaputt randaliert! Da können wir die Kinder nicht lassen, auf keinen Fall! Bleib du hier und leg dich ein bisschen hin. Ich hole die Kinder."

Ronnys Vater protestierte zwar, aber Ronny war nicht nach Diskussionen zu Mute und schließlich legte sein Vater sich ins Bett und Ronny lief los zu dem Haus, in dem er mit Ramona wohnte. Oder gewohnt hatte? Er wusste es selbst nicht so genau. Als er vor dem Haus stand, überkam ihn ein mulmiges Gefühl. Hoffentlich ging es den Kindern gut.

Gestern hatte Ramona mit Flaschen nach ihm geworfen. Was würde wohl heute passieren, wenn sie ihn sah? Egal. Es ging um die Kinder. Er schritt die Treppen hinauf. Im fünften Stock blickte er auf ihr Klingelschild. Von Kevin-Ricardos selbstgemachtem ursprünglichen Schild mit der Aufschrift ‚Ronny & Romana' war nur noch die zweite Hälfte übrig. Jemand hatte ‚Ronny' herausgebrochen. Die Tür selbst stand offen. Drinnen war es ruhig. Kein Fernseher dröhnte, keine Kinderstimmen waren zu hören.

„Hallo?", rief Ronny in den Flur, „Ist jemand da?"

Keine Antwort. Vorsichtig betrat Ronny den Flur der Wohnung, der noch genauso verwüstet aussah wie am Morgen.

„Kevin? Svenja?" Stille.

Ronny blickte in alle Zimmer, doch nirgends eine Spur von seiner Frau oder den Kindern. War Ramona etwa mit ihnen abgehauen? Panik ergriff ihn.

„Wo seid ihr?", rief er verzweifelt.

„Die Polizei hat sie mitgenommen.", hörte er eine Stimme hinter sich.

Rasant drehte er sich um. Dort stand eine Frau mittleren Alters. Ihr Gesicht kam ihm vage bekannt vor.

„Wer sind Sie? Und was ist mit meinen Kindern?" – „Ich bin Monika Eichenbaum. Ich wohne in der Wohnung unter Ihnen. Hab Sie eben raufgehen hören und dachte, ich komm mal nach." – „Okay. Aber was ist mit meinen Kindern?", fragte Ronny ungeduldig.

„Heute Nachmittag war hier in der Wohnung wieder großes Geschrei. Die Kinder haben um Hilfe geschrien und dann hat der große Mann von oben die Polizei gerufen." – „Dr. Lehmann?" – „Ja, ich glaube, so heißt er. Auf jeden Fall hat die Polizei dann alle mitgenommen. Ihre Frau hat sich aufgeführt wie eine Wahnsinnige. Sie haben sie mit Pfefferspray in Zaum halten müssen und trotzdem vier Leute gebraucht, um sie die Treppe runterzukriegen. Und die Kinder…" – „Was ist mit ihnen?" – „Sie sahen fürchterlich aus. Ihre Gesichter waren grün und blau geschlagen. Der Kleine hat sogar geblutet." – „Oh Gott!" Ronny sank auf den Boden.

„Aber die Polizisten haben einen Rettungswagen gerufen, der Arzt hat Ihre Kinder sofort versorgt. Und dann war noch eine Frau da, die hat sich um die Kinder gekümmert, nachdem Ihre Frau schon weggebracht wurde. Am Ende sind die Kinder und die Frau dann in ein Polizeiauto gestiegen und auch weggefahren."

Ronny hatte das Gefühl, der Boden wäre ihm unter den Füßen weggerissen worden. Ramona hatte die Kinder verprügelt! Ihm wurde übel. Er rannte ins Bad, ging vor der Toilettenschüssel auf die Knie und übergab sich. Als er wieder aufstand, stand Monika Eichenbaum mit angeekeltem Gesicht in der Badezimmertür. Ihr war sichtlich unwohl.

„Ist alles in Ordnung? Kann ich noch irgendwas für Sie tun?"

Ronny wusch sich sein Gesicht.

„Danke. Geht schon wieder."

Sie verabschiedete sich mit einem kurzen Winken und verließ schnell die Wohnung. Ronny sah in den Spiegel. Was war er nur für ein Vater? Er hatte seine Kinder nicht beschützt. Dafür würde Ramona büßen! Und wo waren seine lieben Kleinen jetzt?


Er hatte beschlossen, Dr. Lehmann zu fragen, ob er vielleicht mehr wusste, und war nach oben gegangen. Tatsächlich wusste Dr. Lehmann etwas mehr.

„Die Frau war vom Jugendamt. Die haben die Kinder mitgenommen in eine Wohngruppe für solche Fälle. Ich hab mit der Dame gesprochen. Sie hat mir ihre Telefonnummer für Sie dagelassen."

Er schob eine Hand in die Tasche seines Jacketts, zog eine Visitenkarte heraus und reichte sie Ronny. Der schaute sich die Karte an. Henriette Claasen. Sozialpädagogin. Ronny war gespannt, was sie zu sagen hatte.

„Kann ich Ihr Telefon benutzen? Mein Akku ist leer.“, fragte Ronny seinen Freund.

Dieser nickte.

„Selbstverständlich. Der Apparat steht im Wohnzimmer.“

Dr. Lehmann hatte einen sehr alten Telefonapparat. Eine Antiquität. Ronny brauchte einen Moment, um mit der Wählscheibe zurechtzukommen, doch schließlich schaffte er es. Besetzt. Er versuchte es erneut. Wieder besetzt.

„Da ist besetzt.“, erklärte er Dr. Lehmann auf dessen fragenden Blick hin.

„Dann gehen Sie nach unten in Ihre Wohnung. Sie können Ihr Handy wieder aufladen und ein paar Sachen packen. Ich werde in der Zwischenzeit hier bleiben, falls das Telefon klingeln sollte.“ – „Gute Idee. Und… Dr. Lehmann?“ – „Ja?“ – „Danke, dass Sie die Polizei gerufen haben. Sie haben meine Kinder gerettet.“

# 13

Ronny hatte Frau Claasen nicht mehr erreicht. Er hatte später versucht, bei der Polizei anzurufen, doch die verwiesen ihn auch nur an das Jugendamt.

Dort hatte er schließlich jemanden erreicht, doch derjenige sagte ihm nur, dass seine Kinder in guten Händen wären und dass er Ronny den Aufenthaltsort nicht nennen dürfe, bis der Vorfall geprüft sei. Ronny hatte gefleht und gebettelt, geschimpft und geflucht, doch es hatte alles nichts genützt.

Schließlich war er wieder in die Wohnung seines Vaters zurückgekehrt und lag nun dort auf dem Sofa. Er hätte natürlich auch in seiner Wohnung bleiben können, doch nach so einem Tag wollte er nicht allein sein.

Nun saß er trotzdem allein auf dem Sofa. Es war noch nicht spät, doch sein Vater war schon ins Bett gegangen. Die ganze Sache war ihm an die Nieren gegangen und hatte ihn vor allem sehr angestrengt. Ronny beschloss, trotzdem hier zu übernachten. Morgen würde er wieder versuchen, Frau Claasen zu erreichen und dann die Wohnung aufräumen, bevor die Kinder wieder zurückkamen. Hoffentlich ging es ihnen gut. Er hatte große Sehnsucht nach seinen Kindern und er war sich ganz sicher, dass er ihnen auch fehlte. Dr. Lehmann hatte es treffend ausgedrückt, als Ronny sich verabschiedet hatte. „Jedes Kind braucht seinen liebenden Vater."

In der Frühstückspause hatte Ronny endlich Frau Claasen erreicht. Doch sie sagte ihm nicht, wo er seine Kinder abholen konnte. Stattdessen bat sie ihn, nach der Arbeit zu ihr zu kommen, um den Fall zu besprechen. Ronny verstand nicht, was es da zu besprechen gab. Doch ihm blieb nichts Anderes übrig.

An diesem Tag waren die gut angezogenen Leute nicht mehr im Bürogebäude unterwegs, sondern sahen sich die Druckerei selbst an. Vielleicht waren es tatsächlich Unternehmensberater. Ronny ahnte nichts Gutes. Er war noch nicht lange genug hier, um sich sicher zu fühlen und befürchtete, dass er bald wieder gehen müsste.

Die Druckerei war der erste Arbeitsplatz, den er vermissen würde. Zum ersten Mal machte ihm eine Arbeit Spaß. Das würden ihm die Unternehmensberater doch nicht wieder verderben. Oder doch? Er hatte in seinem Leben so viel Pech gehabt, dass er gelernt hatte, das Schlimmste anzunehmen. Doch auch von den Kollegen wusste niemand mehr. Also musste Ronny geduldig abwarten – genauso wie er geduldig warten musste, was Frau Claasen wohl von ihm wollte. Quälend langsam zogen sich die Stunden in der Druckerei dahin und die Rückfahrt im Bus kam ihm wie eine Ewigkeit vor.

Er fuhr direkt zum Jugendamt, wo Frau Claasen bereits auf ihn wartete. Nachdem sie sich vorgestellt hatte, fragte Ronny sofort nach.

„Wie geht es Kevin und Svenja?" – „Denen geht es soweit ganz gut. Sie sind mit anderen Kindern zusammen in einer Wohngruppe und werden da von geschulten Leuten betreut. Heute waren sie auch ganz normal in der Schule. Natürlich sind beide geschockt wegen dem, was passiert ist. Können Sie mir aus Ihrer Sicht erzählen, was in den letzten Tagen bei Ihnen geschehen ist?"

Und wie er das konnte. Ronny erzählte ihr von Ramonas Alkoholproblemen. Dass sie den Kindern Sekt zum Trinken gegeben habe, als er nicht da war. Und von ihrem Streit, den Flaschenwürfen und schließlich von seiner Flucht.

„Mein Vater sollte die Kinder dann von der Schule abholen, aber Ramona war schon da und die Lehrer haben die Kinder dann letztlich ihr mitgegeben, weil sie die Mutter ist.", schloss er seinen Bericht.

Frau Claasen hatte sich zwischendurch Notizen gemacht und überflog diese noch einmal.

„Wann kann ich meine Kinder wieder mit zu mir nehmen?", fragte Ronny sie ungeduldig.

„Die Situation ist kompliziert. Also grundsätzlich prüfen wir, ob die Umgebung, in der die Kinder leben sollen, für ihr Wohl geeignet ist. Bei Ihnen ist der Fall etwas kompliziert. Ihre Frau hat Ihre gemeinsamen Kinder gestern brutal geschlagen, während Sie noch auf der Arbeit waren. Das haben die Polizisten selbst gesehen und dementsprechend wird Ihre Frau angeklagt werden. Ich habe heute Morgen mit dem Staatsanwalt telefoniert, der hat mir das bestätigt. Vermutlich wird

Ihre Frau zu einer Haftstrafe verurteilt. Das ist aber nur die eine Seite des Problems."

Sie unterbrach sich kurz, trank einen Schluck aus ihrer Kaffeetasse und fuhr fort.

„Die zweite Seite ist die Frage nach dem Sorge- und dem Umgangsrecht. Bei ihrem Sohn ist das recht einfach. Sie als Vater haben das Sorgerecht und können deshalb ihren Sohn mit nach Hause nehmen, sofern ich mich davon überzeugt habe, dass diese Umgebung für ihn gut ist."

Ronny hatte Mühe, der Frau zu folgen. Er konnte Kevin mitnehmen, weil er sorgeberechtigt war. Aber wo war der Unterschied zu Svenja?

„Und warum ist das bei meiner Tochter anders?", fragte er.

„Ihre Frau hat zu Protokoll gegeben, dass Sie nicht Svenjas Vater sind."


Ronny hatte einen Moment gebraucht, um zu verstehen, was Frau Claasen gerade gesagt hatte. Dann lachte er laut auf.

„Natürlich bin ich der Vater! Wer denn sonst?" – „Ihre Frau hat uns einen Namen genannt und ich habe auch schon mit diesem Mann gesprochen. Er hat zugegeben, dass er der Vater sein könnte. Jetzt wird es einen Vaterschaftstest geben und danach muss das Sorgerecht für Ihre Tochter neu verhandelt werden. Sollten Sie nicht der biologische Vater sein, sind Sie zwar noch der soziale Vater, aber dann muss ein Richter entscheiden, wer das Sorgerecht bekommt."

Ronny war wie gelähmt. Ein anderer Mann? Wer sollte das gewesen sein? Er konnte sich nicht vorstellen, dass die kleine, süße Svenja, sein ganzer Stolz, nicht seine Tochter sein sollte. Er hatte sie gewickelt, ihr Fläschchen gegeben, sie großgezogen und ernährt. Natürlich war er ihr Vater!

„Und was heißt das jetzt?" – „Konkret heißt das, ich komme morgen zu Ihnen und überzeuge mich, ob Sie eine für Kinder geeignete Umgebung bieten können. Und dann werde ich mich mit dem Familienrichter und einigen Fachkräften zusammensetzen und wir müssen überlegen, was für Ihre Kinder das Beste ist." – „Das ist doch klar! Die beiden müssen wieder zu mir! Da haben sie es am besten, ich bin ihr Vater!" – „Ganz so einfach ist das nicht. Es zählt für uns nur, was für die Kinder das Beste ist. Stellen Sie sich vor, ich würde die Kinder jetzt mit zu Ihnen schicken und nach dem Vaterschaftstest und dem Sorgerechtsprozess müssten wir Svenja wieder aus ihrem Umfeld reißen und zu ihrem anderen Vater bringen, nachdem sie sich gerade wieder bei ihnen eingelebt hat. Das wäre ganz sicher nicht das Beste für sie. Bei der jetzigen Faktenlage wäre es vielleicht naheliegend, wenn Sie Kevin mitnehmen würden und Svenja in der Wohngruppe bleibt, bis der Prozess abgeschlossen ist. Aber dann würden wir die Geschwister auseinanderreißen. Wäre das für Ihre Kinder das Beste? Ich weiß es nicht. Deshalb werden Ihre Kinder beide noch mit einem Psychologen sprechen und auch der wird mit am Tisch sitzen, wenn wir darüber sprechen, was für Ihre Kinder das Beste ist."

– „Und ich? Hab ich da gar nichts mitzureden?", fragte Ronny erbost.

Frau Claasen blieb ungerührt.

„In erster Linie geht es hier nicht um Sie, sondern um Ihr Kind!"

# 14

Es war schon dunkel, als Ronny wieder bei seiner Wohnung angekommen war. Nun saß er alleine am Küchentisch und war verzweifelt. Er dachte ununterbrochen an die Kinder und stellte sich vor, dass sie jetzt in einem gefängnisartigen Kinderheim unter der Aufsicht von alten, böse blickenden Frauen mit Dutt in grauen Hosenanzügen eine graue Pampe zum Abendbrot serviert bekämen, bevor sie gewaltsam ins Bett geschleift wurden und keinen Ton mehr von sich geben durften.

Ronny kannte Kinderheime nur aus Filmen. Zum Beispiel aus Harry Potter, wo der junge Tom Riddle in einem solchen grauen Heim untergebracht war und von allen anderen nur ausgegrenzt wurde. Diese Vorstellung brachte Ronny zur Verzweiflung. Zwar hatte Frau Claasen ihm versichert, dass die Wohngruppe, in der seine Kinder untergebracht waren, bunt und fröhlich war und dass seine Kinder dort nicht von alten, bösen Furien betreut wurden, sondern von netten jungen Leuten – aber all ihre Beteuerungen hatten die Bilder in seinem Kopf nicht auslöschen können.

Er blickte in den Flur. Das Chaos, das Ramona hinterlassen hatte, erinnerte ihn daran, dass Frau Claasen morgen vorbeischauen wollte, um sich zu vergewissern, dass die Wohnung ein gutes Heim für die Kinder sein konnte. Sofort begann Ronny damit, aufzuräumen. Wenn er auch einige Spuren von Ramonas Wutanfall nicht entfernen konnte, wie die Macken, die die geworfenen Flaschen im Holz der Tür hinterlassen hatten, so konnte er doch zumindest die Trümmer der Flaschen und Möbel entsorgen, die Ramona zerstört hatte.

Nachdem er schließlich einige Säcke mit Müll im Hinterhof des Hauses in die Tonnen geworfen hatte und wieder in seiner Wohnung angekommen war, sah es dort schon viel besser aus. Trotzdem entschloss er sich, auch die Kinderzimmer aufzuräumen. Auch in Kevins Zimmer fand er einige Sektflaschen, allerdings waren sie alle schon leer.

Als die Zimmer ordentlich aussahen, putzte er auch noch das Bad und die Küche. Erschöpft, aber zufrieden ließ er sich danach auf dem Stuhl in der Küche nieder und öffnete sich ein Bier. Doch er trank nicht, sondern stellte die Flasche nur auf den Tisch und starrte sie an.

Aus der Brusttasche seines Blaumanns, den er immer noch trug, holte er eine Packung Zigaretten. Erst jetzt fiel ihm auf, dass er schon länger nicht mehr geraucht hatte. Er beschloss, es dabei zu belassen und warf die Packung in den Mülleimer.

Dann sah er auf die Uhr. Zwei Uhr Siebenundvierzig. Höchste Zeit ins Bett zu gehen. Er kippte das Bier in die Spüle, ließ gegen den Geruch etwas Wasser hinterherlaufen, schleppte sich in die Dusche und fiel schließlich todmüde in sein Bett.

Nicht so viel später, wie er es sich gewünscht hätte, holte ihn sein Wecker aus dem Schlaf. Zwar war heute Samstag, doch Herr Wels hatte ihn schon am Dienstag gefragt, ob er in dieser Woche auch am Samstag eine Schicht übernehmen könnte. Ronny hatte an seinem zweiten Tag nicht absagen wollen. Und so musste er – trotz allem – nun auch am frühen Samstagmorgen aufstehen.

Er ging in die Küche und schmierte Brote, wie er es früher an jedem Morgen getan hatte. Erst als er schon fertig war, wurde ihm bewusst, dass er auch für die Kinder Brote geschmiert hatte. Er spürte einen Kloß im Hals und seine Augen wurden feucht. Hoffentlich würde sich alles heute aufklären. Dann wären sie bald wieder bei ihm.

Doch zuerst musste er einen langen Arbeitstag überstehen. Und nicht nur überstehen. Er musste sich anstrengen, denn er wollte ja übernommen werden. Vielleicht war das jetzt die Wende. Ramona würde sicherlich einige Jahre ins Gefängnis kommen, weil sie die Kinder brutal verprügelt hatte. Und wenn er einen dauerhaften Job hätte und die Kinder bei ihm wären, dann könnte er ganz neu anfangen. Umziehen, seinen Vater zu sich holen und dann waren sie zu Viert. Es könnte perfekt werden. Doch bis dahin war es noch ein langer Weg.

In der Frühstückspause sprachen die Kollegen aufgeregt über das Fußballspiel am gestrigen Abend. An Ronny war es vollkommen vorübergegangen. Seine

Mannschaft hatte sich im Pokal gegen einen Zweitligisten aus dem Süden im Elfmeterschießen durchgesetzt. Nun war die Euphorie groß. Ronny hörte aber nur mit einem halben Ohr zu. In Gedanken war er bei seinen Kindern.

„Alles klar, Alter?", fragte Denis ihn schließlich.

Ronny zuckte mit den Schultern.

„Hab gerade bisschen Ärger zuhause."

Denis nickte verständnisvoll.

„Macht die Alte Stress? Kenn ich. Von meiner Mutter. ‚Räum dein Zimmer auf!', ‚Lass deine Sachen nicht überall rumliegen!', ‚Mach dir mal selbst was zum Essen.' Solche Scheiße hör ich jeden Abend. Aber macht mir nix. Reden lassen. Hört schon irgendwann auf."

Ronny blickte Denis von der Seite an. Er war überrascht, dass sein Kollege noch zuhause wohnte. Denis war schon Ende Zwanzig. Und offensichtlich wurde er zuhause noch immer von vorne bis hinten bedient. Schwer vorstellbar.

Auch wenn Ronny nicht ganz freiwillig aus- und mit Ramona zusammen-gezogen war, so hatte er doch auf jeden Fall vorgehabt, damals auszuziehen. Sein Vater und er hatten sich ständig wegen jeder Kleinigkeit in die Wolle gekriegt. Denis sah ihn erwartungsvoll an. Offenbar hatte er noch etwas gesagt, dass Ronny nicht mitbekommen hatte.

„Was?", fragt er.

„Ob wir heute Abend noch ein Bier trinken wollen." –
„Nee, sorry, da kommt die Tante vom Ju... also da
kommt ´ne Tante von mir vorbei."

Denis wirkte enttäuscht, auch wenn er es zu
überspielen versuchte.

„Kein Ding, Alter, dann nächstes Mal."

Die Sirene verkündete das Ende der Frühstückspause
und Ronny ging zurück an seinen Platz.

Wenig später sah er von Weitem wieder eine Gruppe
von Leuten durch die Druckerei laufen, die dort ganz
offensichtlich nicht arbeitete. Unter ihnen war eine
hübsche Rothaarige in einem knielangen
marineblauen, engen Rock und einer weißen Bluse.
Aus der Ferne erinnerte sie Ronny an Peggy.

Sie hatte auch feuerrotes Haar gehabt und am liebsten
blauweiße Kleidung getragen, wenn sie mit federndem
Schritt durch die Straßen gelaufen war. Ronny konnte
sie fast vor sich sehen.

Plötzlich schoss ihm ein Schmerz durch die Hand. Er
hatte sich mit dem Teppichmesser in den Finger
geschnitten, als er das Paketband um das Papier herum
lösen wollte. Er betrachtete den Schnitt. Dieser war tief
genug, um kräftig zu bluten. Zügigen Schrittes ging er
zum Frühstücksraum, in dem auch ein Schrank mit
Verbandszeug untergebracht war.

Auf halbem Weg kam ihm die Gruppe von Fremden
entgegen, begleitet von Herrn Wels. Dieser schien sich
zu wundern, dass Ronny hier unterwegs war. Herr Wels
ließ die Gruppe, die sich gerade eine der

Druckmaschinen genauer ansah, stehen und ging Ronny entgegen.

„Ist alles in Ordnung?" – „Ja, alles gut. Hab mich geschnitten. Ich wollte mir eben ein Pflaster auf dem Pausenraum holen." – „Zeigen Sie mal her."

Ronny streckte ihm seine Hand hin.

„Das sieht aber gar nicht gut aus.", sagte eine Frauenstimme hinter ihnen.

Ronny drehte den Kopf und sah, dass die Rothaarige zu ihnen getreten war und nun auf seine Hand blickte. Dann nahm sie ihren Kopf hoch und sah ihn an. Ihre Augen wurden groß und Ronnys Herz setzte einen Schlag aus. Die roten Haare, die blutrot geschminkten Lippen, die großen grünen Augen, die Stupsnase, die Grübchen – es war Peggy.

„Ronny?", fragte sie ihn verwundert.

Ronny war völlig perplex.

„Peggy?"

Sie lächelte. Dabei wurden ihre Grübchen noch tiefer. Das hatte er schon früher umwerfend gefunden.

„Ich... wow! Dass wir uns noch mal treffen würden, hätte ich ja nie gedacht!", sagte Peggy.

Ronny nickte eifrig und sprachlos. Herr Wels blickte von einem zum anderen.

„Sie beide kennen sich?" – „Ja!", antwortete Peggy, „Wir haben früher in der gleichen Straße gewohnt, als wir noch Kinder waren."

Herr Wels zeigte auf Ronnys Hand.

„Ich will das Wiedersehen nicht kaputtmachen, aber Ihre Hand fängt an zu tropfen. Vielleicht wollen Sie das erst eben verbinden und ich bringe die Dame nachher zu ihrem Arbeitsplatz.", schlug er vor.

„Keinesfalls!", widersprach Peggy energisch, „Wo ist das Verbandszeug? Ich helfe dir, Ronny." – „Da lang.", antwortete Ronny und Peggy schob ihn sanft in Richtung des Pausenraums.

„Wie geht´s dir, Peggy? Was machst du hier?" – „Wir gucken uns die Druckerei hier genauer an. Wir überlegen, sie zu kaufen." – „Zu kaufen?", fragte Ronny verdutzt.

„Ja, genau. Meine Firma hat bisher immer bei dieser Druckerei gekauft, aber wir haben ausgerechnet, dass es auf Dauer günstiger für uns wäre, wenn wir die Druckerei selbst kaufen. Deswegen nehmen wir den Laden hier genau unter die Lupe."

Sie waren im Pausenraum angekommen und Peggy nahm einen Verband aus dem Schrank.

„Wasch das Blut erst mal ab.", sagte sie, „Und was treibst du so?"

Sie nahm ein Handtuch und trocknete seine Hand ab, bevor sie den Verband über die Wunde legte und um die Hand wickelte.

„Naja, hier arbeiten und so.", antwortete er.

Peggy lachte.

„Das hab ich mir schon fast gedacht. Ich meine, was machst du sonst so. Bist du nicht damals mit diesem Mädel zusammengezogen?" – „Mit Ramona, ja." – „Und? Seid ihr noch…?" – „Nee. Also nicht so richtig. Ist alles etwas kompliziert."

Wieder lachte Peggy ihn an.

„Ist es das nicht meistens?", fragte sie ihn, während sie den Verband mit einem Pflaster befestigte.

„So, das sollte halten. Dann wollen wir mal wieder arbeiten gehen, was?"

Ronny nickte. Er war noch immer perplex. Niemals hatte er damit gerechnet, Peggy wiederzutreffen. Sie hatte offenbar einen ziemlich guten Job bekommen. Das wunderte ihn überhaupt nicht.

Sie war schon früher sehr intelligent gewesen – und vor allem auch sehr zielstrebig. Was sie wohl machte, wenn sie nicht arbeitete?

„Was ist denn mit dir?", fragte er, während sie aufstanden.

„Inwiefern?", fragte sie, während sie durch den Betrieb liefen.

„Naja, was machst du so, wenn du nicht arbeitest?" – „Du meinst, ob ich verheiratet bin?", fragte sie und Ronny fühlte sich ein bisschen ertappt.

Er fühlte, wie er rot wurde und drehte den Kopf weg. Peggy lachte wieder.

„Nein, bin ich nicht. Einmal geschieden. Falscher Mann, falscher Zeitpunkt… ist aber schon ein paar Jahre her. Ist auch kompliziert.", sagte sie und zwinkerte ihm zu.

Schließlich waren sie wieder bei der Gruppe von Peggys Kollegen angekommen. Sie griff in ihre Handtasche und zog eine Visitenkarte heraus.

„Ruf mich doch mal an, Ronny. Dann können wir uns in Ruhe über früher unterhalten und so. Tschüssi!", flötete sie und wand sich wieder ihren Kollegen zu.

Ronnys Herz raste. War das wirklich gerade passiert? Kaum war er Ramona endlich los, traf er seine Jugendliebe und sie wollte ihn auch tatsächlich noch wiedersehen? Fröhlich pfeifend ging Ronny die letzten Meter bis zu seinem Arbeitsplatz.

Mit einem Mal sah er dem anstehenden Besuch von Frau Claasen am Abend viel optimistischer entgegen. Bestimmt wären Svenja und Kevin bald wieder bei ihm. Er spürte es. Dies war der Wendepunkt in seinem Leben. Von nun an würde alles besser werden!

# 15

Als er später Frau Claasen die Tür öffnete, war er bereits frisch geduscht, hatte eingekauft und stand voller Optimismus, dass sich nun alles aufklären würde, vor der Frau vom Jugendamt. Auch sie schien guter Laune zu sein. Nach einer freundlichen Begrüßung schaute sie sich die Wohnung an, wobei sie besonders die Kinderzimmer gründlich inspizierte, und nahm schließlich mit Ronny im Wohnzimmer Platz.

„Kaffee?", fragte er sie.

„Gerne!"

Während er in die Küche ging, um eine Kanne aufzusetzen, folgte sie ihm und blieb im Türrahmen der Küche stehen.

„Sie haben es hier eigentlich ganz schön, wenn man Ihre wirtschaftliche Lage bedenkt.", sagte sie.

Ronny nickte.

„Naja. Ich tu halt, was ich kann. Ist nicht immer einfach, aber es geht schon." – „Sie arbeiten in Vollzeit, richtig?" – „Ja, in einer Druckerei." – „Schon lange?" – „Nee, erst seit Anfang der Woche. Ich bin Leiharbeiter. Da wird man schnell mal rumgereicht."

Sie nickte verständnisvoll.

„War mein Mann auch ein paar Jahre lang. Irgendwann hat ihn dann ein Unternehmen übernommen, danach wurde es wieder besser für uns alle."

Jetzt nickte Ronny.

„Mal schauen. Das wünsche ich mir auch. Der Job in der Druckerei ist wirklich toll. Der Vorarbeiter ist ein netter Kerl, das Unternehmen selbst wird noch vom Inhaber geführt. Das merkt man schon, da ist die Stimmung eine ganz andere als bei den anderen Unternehmen, wo ich schon war."

Inzwischen war der Kaffee fertig. Ronny nahm die Kanne und eine Schale mit Keksen mit und sie setzten sich ins Wohnzimmer. Ronny schenkte Frau Claasen einen Kaffee ein.

„Das hört sich wirklich gut an.", sagte sie, „Wissen Sie, heute Nachmittag war das Treffen mit dem Richter und dem Psychologen."

Ronny wurde hellhörig.

„Und? Wann kommen sie wieder nach Hause?"

Frau Claasen lächelte.

„Wenn Sie wollen, können wir sie nachher abholen fahren."

Ronny sprang freudig auf, doch Frau Claasen bedeutete ihm, er möge sich wieder setzen.

„Nicht so schnell. Wir müssen vorher noch ein paar Dinge klären, es gibt da ein paar Bedingungen." – „Was für Bedingungen?"

Frau Claasen nahm einen Schluck aus ihrer Tasse.

„Wirklich ein guter Kaffee!", sagte sie.

Ronny nickte knapp. Er wollte endlich seine Kinder zurück!

„Ihre Frau darf keinen Kontakt mehr zu den Kindern haben, bis sie eine Therapie gemacht hat. Sollten Sie also überlegen, Ihre Frau hier wieder aufzunehmen, falls sie nicht ins Gefängnis muss, kann ich Ihnen die Kinder nicht anvertrauen." – „Auf keinen Fall!", rief Ronny empört, „Die kommt hier nie wieder rein, das schwöre ich Ihnen. Ich werde mich scheiden lassen!"

Frau Claasen nickte.

„Das ist schon mal gut. Dann möchte ich gerne in den nächsten Wochen noch einige Mal vorbeikommen, um nach den Kindern zu sehen." – „Kein Problem." – „Gut! Sie sagten, sie arbeiten im Moment in Vollzeit. Wer kümmert sich nachmittags um die Kinder?" – „Das wird mein Vater machen. Er liebt die Kinder."

Frau Claasen lächelte wieder.

„Und die Kinder ihn, wenn ich dem Psychologen heute richtig zugehört habe. Zumindest ist das für mich soweit alles in Ordnung. Bevor wir aber nun Svenja und Kevin abholen, sollten Sie noch ein paar Dinge wissen."

Ronny wurde immer ungeduldiger.

„Und was?" – „Svenja hat das Ganze ganz gut weggesteckt. Aber Kevin ist nach Einschätzung des Psychologen schwer traumatisiert. Ich möchte Ihnen nahelegen, mit ihm zu einem Kinderpsychologen zu gehen, damit er die Situation besser verarbeiten kann. Nehmen Sie auch ruhig Svenja mal dort mit hin, aber unser Psychologe war der Meinung, dass sie es besser verkraftet hat." – „Das ist sehr gut. Können wir dann jetzt los?", fragte Ronny.

„Noch nicht. Eine Sache wäre da noch. Svenjas Vaterschaft ist noch nicht geklärt. Sollten Sie tatsächlich nicht der Vater sein und sollte der biologische Vater Anspruch auf das Sorgerecht erheben, wird es für Sie sehr schwierig. Ich persönlich glaube zwar, dass es für Svenja das Beste wäre, wenn sie bei Ihnen bliebe, aber es gibt auch Gesetze. Und wenn es zum Prozess käme, steht das Gesetz zuerst auf der Seite des biologischen Vaters." – „Das heißt, es könnte sein, dass man mir Svenja wegnimmt?", fragte Ronny ungläubig.

„Ja. Und zwar schon bald. Solange die Vaterschaft ungeklärt ist, gelten Sie als Vater und sie kann bei Ihnen bleiben. Aber danach müssen wir gegebenenfalls die neue Sachlage bewerten."

Ronny nickte nachdenklich. Schlimmstenfalls würde er Svenja bald wieder verlieren. Doch er glaubte es nicht. Wer sollte denn der Vater sein? Ramona war nun wirklich keine Schönheit. Er selbst hatte auch nur ein paar Mal betrunken mit ihr geschlafen. Und das hatte er nur daran gemerkt, wenn sie morgens nackt nebeneinander aufgewacht waren. Erinnern konnte er sich an keine einzige Nacht mit ihr. Doch nun wollte er zuerst seine Kinder sehen und sie dann nach Hause holen. Ein Schritt nach dem anderen.

# 16

Frau Claasen hatte Ronny mitgenommen zu dem Haus, in dem die Wohngruppe war, in der seine Kinder die letzten Nächte verbracht hatten. Es war wirklich nicht grau, sondern bunt und Kevin-Ricardo und Svenja-Chantal waren zwar sichtlich froh, ihren Vater wiederzusehen, aber Ronny konnte auch sehen, dass es ihnen in den letzten Tagen nicht schlecht ergangen war.

Als die Kinder ihn sahen, jauchzte Svenja-Chantal und rannte fröhlich „Papa! Papa!" rufend auf Ronny zu und sprang ihm in die weit geöffneten Arme. Auch Kevin kam in Ronnys Arme, wenn auch weit zögerlicher und ohne großes Rufen. Doch auch er kuschelte sich an seinen Vater an und Ronny spürte, dass sein Sohn weinte.

Nachdem die Kinder sich von ihren vorübergehenden Mitbewohnern und vor allem von den tatsächlich sehr netten, jungen Betreuern verab-schiedet hatten, brachte Frau Claasen sie wieder zurück zu ihrem Haus. Svenja stürmte sofort die Treppe hoch, aber Kevin blieb vor der Tür stehen und blickte zu Boden. Ronny ging vor ihm in die Hocke.

„Hast du Angst?", fragte er.

Kevin nickt stumm.

„Das brauchst du nicht. Wir sind jetzt allein in der Wohnung, Mama ist weg. Die kann euch nichts mehr tun."

Kevin bewegte sich noch immer nicht.

„Soll ich dich an die Hand nehmen?", fragte Ronny und Kevin nickte.

Gemeinsam betraten sie das Haus und gingen die Treppen hinauf. Oben angekommen musste Ronny seinen Sohn beinahe in die Wohnung ziehen, damit er überhaupt hereinkam. Auch drinnen ließ sein Sohn die Hand seines Vaters nicht los, bevor er mit ihm durch alle Räume gegangen war und die Haustür doppelt abgeschlossen hatte.

Erst als sie nun zu Dritt in der Küche saßen und Kakao tranken, entspannte sich Kevin ein wenig.

„War es denn schön in der Wohngruppe?"

Kevin nickte langsam und Svenja sprudelte sofort los.

„Ja! Da waren noch ein paar andere Kinder, mit denen wir spielen konnten und die hatten da sooooo viel Spielzeug. Und Bianca und Tommi, unsere Betreuer, waren total lieb und haben voll oft mitgespielt und vorgelesen.", berichtete sie begeistert.

Dann verebbte ihr Schwärmen.

„Aber ich hab ganz oft geweint, weil du nicht da warst, Papa…", sagte sie leise.

Ronny spürte wieder den Kloß im Hals. Er stand auf, hob seine Kinder hoch und drückte sie an sich, während er hemmungslos weinte.

„Ich hab euch so sehr vermisst!", sagte er mit gebrochener Stimme, während die Kinder ihre kleinen

Arme um seinen Hals legten und sich anschmiegten. Ronny war überglücklich, dass sie wieder bei ihm waren.

Er setzte die beiden ab, griff nach einem Taschentuch und schnäuzte sich. Es klingelte. Kevin-Ricardo sprang verschreckt hinter seinen Vater, während Svenja-Chantal zur Tür lief, um zu öffnen. Vor der Tür stand Dr. Lehmann. Er sah zuerst nur Svenja-Chantal und ging vor ihr in die Hocke.

„Ich habe eure Stimmen gehört. Schön, dass ihr wieder zuhause seid!", sagte er mit einem Lächeln und zog hinter seinem Rücken ein Paket hervor, das er Svenja-Chantal reichte.

Das kleine Mädchen sah zu ihrem Vater hoch, der mittlerweile neben sie getreten war und als Ronny nickte, begann sie sofort damit, das bunte, glitzernde Geschenkpapier aufzureißen.

„Guten Abend Ronny. Schön, dass Sie wieder hier sind – alle drei."

Kevin-Ricardo versteckte sich noch immer hinter seinem Vater. Dr. Lehmann ging wieder in die Hocke und zog hinter seinem Rücken ein weiteres Paket hervor.

„Hier Kevin, für dich habe ich auch etwas mitgebracht. Magst du mal schauen, was drin ist?", fragte er den Jungen.

Kevin-Ricardo griff nach der Hand seines Vaters und ging dann zögerlich, aber ohne die Hand loszulassen, in Richtung des Pakets. Er griff mit der anderen Hand danach und versteckte sich sofort wieder hinter seinem

Vater, um es auszupacken. Svenja-Chantal hatte inzwischen schon das Geschenk von seiner Verpackung befreit – es war eine echte Barbie-Puppe auf einem pinken Pferd! Svenja-Chantal gluckste vor Vergnügen.

„Dankeschön, Dr. Lehmann.", sagte sie brav, während sie dem großen Mann respektvoll die Hand schüttelte und rannte dann sofort mit der Puppe in ihr Zimmer. Ronny war sehr stolz auf seine Tochter.

Auch Kevin hatte nun endlich sein Geschenk ausgepackt. Dr. Lehmann hatte ihm ein ferngesteuertes Rennauto mitgebracht – einen Silberpfeil! Zum ersten Mal, seit Ronny an jenem Abend mit den Kindern aus der Wohnung geflüchtet war, sah er Kevin-Ricardos Augen leuchten.

„Ich glaube, da fehlen noch Batterien.", sagte Dr. Lehmann, der noch immer im Hausflur vor der Wohnungstür stand.

„Achso, na klar, ich hole welche.", sagte Ronny, „Kommen Sie doch schon mal rein."

Als Ronny mit den Batterien zurückkam, reichte er sie seinem Nachbarn.

„Sie müssen Kevin zeigen, wie man die einsetzt."

Wieder ging Dr. Lehmann in die Hocke und Kevin-Ricardo brachte das Auto und die Fernsteuerung zu ihm. Gemeinsam setzten sie die Batterien ein. Kevin-Ricardo nahm die Fernsteuerung, während Dr. Lehmann das Auto auf den Boden stellte und im nächsten Moment sauste der silberne Flitzer durch den Flur der Wohnung. Ronny hatte glücklich mit angesehen, wie schnell Kevin-Ricardo seine Scheu vor Dr. Lehmann verloren hatte. Vielleicht war es doch gar nicht so schlimm, wie er gedacht hatte.

Eine Weile sahen Dr. Lehmann und er den Kindern schweigend beim Spielen zu, doch dann schickte Ronny die beiden ins Bett. Kevin wollte nicht allein sein, deshalb legte Ronny beide Kinder bei sich ins Bett und versprach, sich später dazuzulegen.

Nachdem er den Kindern nicht nur eine, sondern sogar zwei Geschichten vorgelesen hatte, löschte er schließlich das Licht und ging zu Dr. Lehmann, der in der Küche saß.

„Ich weiß wirklich nicht, wie ich Ihnen danken soll!", sagte er zu seinem Freund.

Dieser winkte ab, wie er es immer tat.

„Dann lassen Sie es. Ich habe nur meine Pflicht getan." – „Ihr Pflicht?" – „Ja, meine moralische Pflicht. Sie und Ihre Kinder waren in Not und deshalb ist es meine moralische Pflicht, zu versuchen, meinen Teil dazu beizutragen, dass sich das ändert. Offensichtlich hat das funktioniert, zumindest sind Ihre Kinder jetzt in Sicherheit. Ihre Frau sitzt doch sicher noch in Haft, oder?"

Ronny nickte.

„Ja, sie darf die Kinder auch nicht mehr sehen, bis sie eine Therapie gemacht hat. Und selbst dann… also, wenn es nach mir geht… nie wieder." – „Das klingt doch soweit ganz gut. Hat die Frau vom Jugendamt sonst noch etwas gesagt?" – „Ja, es gibt Bedingungen. Mein

Vater muss nachmittags auf die Kinder aufpassen und Kevin soll eine Therapie machen. Außerdem…"

Ronny stockte. Dr. Lehmann hob eine Augenbraue, sagte aber nichts, bis Ronny fortfuhr.

„Es ist nicht ganz klar, wer Svenjas Vater ist. Ramona hat dem Jugendamt einen anderen Vater genannt. Das muss jetzt geprüft werden. Ich kann es mir aber nicht vorstellen."

Sorgenvoll nickte Dr. Lehmann.

„Soweit ich weiß, müsste Svenja dann vermutlich zu Ihrem biologische Vater ziehen, sofern er das will, richtig?" – „Das hat die Frau vom Jugendamt auch gesagt. Aber darüber will ich jetzt noch nicht nachdenken. Fürs Erste sind die Kinder jetzt bei mir und das zählt."

# 17

Als Ronny erwachte, war es schon nach 8 Uhr, doch beide Kinder lagen neben ihm im Bett und schliefen noch friedlich. Ronny hatte gestern noch lange mit Dr. Lehmann zusammengesessen und über die Situation der beiden Kinder gesprochen. Natürlich waren sie nun zuerst einmal bei ihm, aber er wusste, wie schnell sich das ändern konnte. Trotzdem wollte er den Gedanken daran an diesem Sonntag verdrängen. Ronny hatte schon eine Idee, was sie an diesem Tag unternehmen konnten. Mal wieder einen richtigen Familienausflug machen. Vorsichtig, um die beiden Kleinen nicht zu wecken, stand er auf und ging in die Küche.

Dort nahm er sich das Telefon und wählte die Nummer seines Vaters. Der war wie üblich schon seit sieben Uhr auf den Beinen und freute sich, dass Ronny anrief. Sie verabredeten, sich mittags zu treffen und dann gemeinsam etwas zu unternehmen.

Nachdem er aufgelegt hatte, nahm Ronny ein Paket fertiger Pancakes, das er gestern gekauft hatte, aus dem Kühlschrank. Er briet sie an, verteilte sie auf drei Teller, kippte großzügig Sirup darüber und stellte die Teller zusammen mit drei Tassen Kakao auf ein Tablett. Damit ging er zurück ins Schlafzimmer.

„Aufstehen!", sagte er leise und im Bett regte sich etwas.

Svenja-Chantal war die erste, die ihren Kopf unter der Decke herausstreckte. Verschlafen blinzelte sie ihren Vater an. Dann konnte Ronny sehen, wie ihre kleine Nase schnuppernd in die Luft gestreckt wurde.

„Pfannkuchen!", schrie sie begeistert und warf die Decke beiseite.

Bei diesem Schrei blickte auch Kevin-Ricardo plötzlich vom Kissen auf.

„Und Kakao!", rief er voller Freude.

Ronny setzte sich mit dem Tablett zwischen die Kinder ins Bett, zog ihnen allen die Decke wieder über die Beine und gemeinsam frühstückten sie im Bett. Als sie fertig waren, räumte er mit Kevin-Ricardo das Geschirr weg, während Svenja-Chantal duschte. Danach war sein Sohn dran. Als beide Kinder geduscht waren, zog er beiden Jacken und Schuhe an.

„Wo gehen wir hin?", fragte Svenja-Chantal neugierig.

„Lass dich überraschen…", antwortete Ronny vergnügt.

Den ganzen Weg hatten die Kinder ihn mit Fragen gelöchert, wohin sie nun gehen würden, aber Ronny hatte sich nicht erweichen lassen. Schließlich hatte Kevin-Ricardo den Weg erkannt.

„Wir gehen zu Opa!"

Ronny hatte nur genickt und gelächelt. Er genoss, dass die Kinder sich schon auf ihren Opa so sehr freuten. Wenn sie erst merken würden, wohin sie wirklich wollten…

Kurz darauf klingelten sie bei Ronny Vater. Doch anstatt sie hereinzulassen, stand auch jener schon fertig angezogen hinter der Tür, kam nach dem Klingeln heraus und schloss die Tür hinter sich zu.

„Wir fahren jetzt in den Zoo.", verkündete er den Kindern, die lautstark jubelten.

Gemeinsam gingen sie zur Bushaltestelle und fuhren von dort zum Zoo. Dort angekommen kaufte Ronny Karten für sie alle und wenig später bestaunten die Kinder ebenso wie Ronny und sein Vater die vielen exotischen Tiere.

Svenja-Chantals Lieblingstiere waren – neben Einhörnern – vor allem die Elefanten. Sie konnte sich nicht daran satt sehen, wie die grauen Riesen mit ihren gewaltigen Stampfern umhergingen, mit ihren langen Rüsseln ganze Baumstämme von hier nach dort trugen oder sich Sand auf den Rücken warfen.

„Warum machen die das?", fragte sie.

Ronny konnte nur mit den Schultern zucken, aber sein Vater wusste es.

„Damit schützen sie sich vor der Sonne. Damit sie keinen Sonnenbrand kriegen."

Svenja-Chantal nickte verständig.

„Soll ich das auch machen?", fragte sie mit ernster Miene.

Die beiden Erwachsenen lachten laut auf.

„Nein", prustete Ronny, „besser nicht."

Danach gingen sie zu den Löwen – den Lieblingstieren von Kevin-Ricardo. Ronny betrachtete sie immer mit gemischten Gefühlen. Natürlich waren sie majestätisch. Ihr gewaltiges Grollen ließ den Boden zittern. Man konnte es fühlen, wenn man in der Nähe des Geheges stand. Ihr Körperbau war muskulös und athletisch. Aber dann waren da noch ihre Augen. In diesem Zoo, den Ronny schon in seiner Kindheit mit seinem Vater manchmal besucht hatte, gab es ein Fenster zum Löwengehege, vor dem die Könige der Savanne manchmal lagen. Man konnte dort bis auf einen halben Meter an die sie heran.

Ronny hatte sich die Tiere damals sehr genau angesehen. Und er hatte ihnen in die Augen geblickt. Schon als Kind hatte er nicht in Worte fassen können, was er da gesehen hatte. Heute wusste er ein Wort dafür. Trüb. Die Augen der Löwen waren trüb. Und nicht die Art von trüb, wie es bei alternden Tieren vorkam, die an Sehkraft verloren. Nein, es war eine andere Art von trüb. Ronny hatte sich auch andere Raubtiere im Zoo angeschaut. Ihre Augen waren ebenso trüb. Wenn man sich aber die Tiere in Dokumentationen im Fernsehen ansah, waren sie nicht so. Wie kam das?

Eines Abends hatte er mit Dr. Lehmann darüber gesprochen. Der hatte genickt und nachdenklich an seiner Pfeife gezogen.

„Ich weiß, was Sie meinen.", hatte er gesagt, „In den Augen der Raubtiere in der Wildnis sieht man ein Feuer brennen. Das Feuer ihrer Wildheit. Man erkennt ihren Jagdinstinkt. Die Tiere im Zoo haben diesen Instinkt schon lange verloren. Viele von ihnen haben ihn nie entwickelt, weil sie schon im Zoo geboren worden sind. Sie wurden immer gefüttert. Vor allem aber wurden sie mit totem Fleisch gefüttert. Stellen Sie sich vor, sie müssten von einem Tag auf den anderen nicht mehr für ihr ‚täglich Brot' arbeiten, sondern würden es einfach so geschenkt bekommen. Es würde vielleicht etwas dauern, aber früher oder später würden Sie den Drang zum Arbeiten, zum Fleiß, zur Tätigkeit völlig verlieren. Genauso ist es auch bei den Tieren. Sie haben ihre Wildheit, ihren Jagdinstinkt schon lange verloren. Das Feuer in ihren Augen ist erloschen."

Etwas später saßen die Vier um einen Tisch auf der Terrasse des Zoorestaurants. Ronnys Vater hatte einen großen Teller Pommes für sie geholt und besonders die Kinder langten kräftig zu. Ronny blickte sich währenddessen um und betrachtete die Menschen um sie herum. Da entdeckte er ein bekanntes Gesicht.
Es war Melvin, der Sohn seines Freundes Waldi. Dann konnte sein Kumpel auch nicht weit sein. Ronny sah sich suchend um und entdeckte Waldi in der Schlange des Restaurants. Als Waldi gezahlt hatte und sich mit einem Tablett in der Hand suchend nach einem freien Tisch umblickte, winkte Ronny ihm zu. Als sich ihre Blicke trafen, zuckte Waldi einen halben Schritt zurück und sein Tablett rutschte ihm aus der Hand. Zwei Teller mit Pizzen und zwei Gläser Cola fielen klirrend zu Boden. Ronny sprang auf, um seinem Freund zur Hilfe zu kommen.
„Mensch, Waldi, was ist denn los mit dir? Du siehst ja aus, als würden die Löwen frei rumlaufen.", sagte er und hockte sich zu ihm, um die Scherben mit aufzusammeln.

„Nein, nein", stammelte Waldi, „Es ist nur, weil… wegen… Autsch!"

Er hatte sich an einer Scherbe geschnitten. Blut lief an seinem Finger herunter. Eilig zog Ronny ein Taschentuch aus der Hosentasche und reichte es seinem Freund. Der wickelte es mit zitternden Händen um den verwundeten Finger. Inzwischen stand auch Melvin neben ihnen. Er sah seine Pizza auf dem Boden liegen und Tränen stiegen ihm in die Augen. Seine Unterlippe begann zu zittern. Ronny hatte inzwischen die restlichen Scherben auf das Tablett gelegt. Waldi griff nach dem Tablett, erhob sich und packte Melvin am Arm.

„Wir… wir gehen jetzt besser. Bis bald, Ronny."

Ohne eine Erklärung zog er seinen geräuschvoll protestierenden Sohn am Arm hinter sich her und verschwand mit dem Tablett in der Hand im Restaurant. Ronny ging verwundert zurück zu seiner Familie. Sein Vater kannte Waldi und hatte die Szene beobachtet.

„Was war denn das?", fragte er. Ronny zuckte mit den Schultern.

„Gute Frage. Irgendwas war los mit ihm. Vielleicht sollte ich ihn nachher mal anrufen."


Als sie abends wieder in ihrer Wohnung angekommen waren, fielen beiden Kindern schon die Augen zu. Nachdem sie aus dem Zoo zurückgekommen waren, hatten sie bei Ronnys Vater noch Waffeln gegessen und Mensch-ärgere-dich-nicht gespielt. Svenja-Chantal war schon dort eingenickt und Ronny hatte sie nach

Hause tragen müssen, während Kevin-Ricardo sich selbst neben ihnen herschleppte. Ronny brachte beide ins Bett, ließ heute allerdings die Gute-Nacht-Geschichte weg.

Stattdessen ging er in die Küche, zog hinter sich die Tür zu und griff wieder nach dem Telefon. Er wählte Waldis Nummer und wartete. Zu seiner Überraschung ging der kleine Melvin ans Telefon. Im Hintergrund hörte Ronny seinen Kumpel Waldi lautstark mit seinem Sohn schimpfen, aber schließlich ging er selbst ans Telefon.

„Alles in Ordnung bei dir, Waldi? Was war denn heute los mit dir?", fragte Ronny, aber Waldi schwieg.

„Waldi? Bist du noch da?"

Ronny hörte ein Seufzen.

„Ja, schon. Hör mal, Ronny. Ich wusste nicht... also... Ich dachte..." – „Ist es wegen Ramona?" – „Genau." – „Aber da brauchst du dir doch keinen Kopf machen. Das ist eine Sache zwischen ihr und mir!", sagte Ronny energisch.

„Echt?", fragte Waldi mit überraschter Stimme, „Ich hätte gedacht, du wärst sauer auf mich."

Ronny runzelte die Stirn.

„Auf dich?", fragte er verwundert.

„Ja, wegen der Sache mit Svenja..."

Ronny verstand kein Wort. Was hatte Waldi denn damit zu tun?

„Ich verstehe kein Wort. Warum wegen Svenja?", fragte er seinem Freund.

Wieder hörte er ein tiefes Seufzen aus der Leitung.

„Weil ich ihr Vater bin."

# 18

Inzwischen stand Ronny wieder an seinem Platz in der Druckerei. Wieder erledigte er seinen Job wie in Trance. Eigentlich hingen seine Gedanken noch immer bei dem Gespräch von gestern Abend. Nach Waldis Offenbarung hatte er das Telefon fallengelassen. Waldi hatte noch einige Minuten weitergeredet, aber Ronny hatte nicht mehr zugehört.

Für ihn war eine Welt zusammengebrochen. Und auch jetzt, während er seine Arbeit erledigte, fand er noch keine Erklärung dafür. Warum gerade Waldi? Sie waren Freunde – schon ewig! Waldi hatte selbst eine Frau. Und die war um Längen hübscher als Ramona. Warum hätte Waldi mit Ramona ins Bett gehen sollen? Und wann? Es ergab alles keinen Sinn. Oder stimmte es vielleicht gar nicht? Aber warum sollte Waldi dann so etwas behaupten? Frustriert ließ er den Kopf sinken.

Er wusste nicht mehr weiter. Er wollte nie wieder mit Waldi sprechen und mit Ramona schon gar nicht. Aber wie sollte er dann herausbekommen, was wirklich passiert war? Trotzdem. Egal, wer Svenja gezeugt hatte – er, Ronny, war Svenjas Vater. Er hatte sie gewickelt, ihr ein Zuhause gegeben und sie aufgezogen. Und niemand sonst. Svenja war seine Tochter!

Eine helle Stimme riss ihn aus seinen Gedanken.
„Träumst du von mir?"

Ruckartig drehte er sich um. Dort stand Peggy. Ihr schelmisches Lächeln wurde durch ihre Grübchen umso mehr hervorgehoben.

„Oh… ähm… Hi.", stammelte er.

Peggy lachte. Für Ronny klang es, als würden tausende kleine Glöckchen gleichzeitig geläutet.

„Du hast mich gar nicht angerufen.", sagte sie und schob die Unterlippe vor.

Sie sah wieder umwerfend aus. Sie trug über einer tief ausgeschnittenen, cremefarbenen Spitzenbluse einen braunen Blazer, der an der Taille eng geschnitten war. Wie schon am Samstag passte ihr dunkelroter Lippenstift hervorragend zu ihren roten Haaren. Ronny war sprachlos.

„Ist alles in Ordnung mit dir?", wurde er gefragt.

Er nickte eilig.

„Ja, ja. Alles bestens. Ich war nur… du siehst so… wow… Ich…", stammelte er.

Er musste sich zusammenreißen.

„Tut mir leid, dass ich noch nicht angerufen habe. Das Wochenende war die Hölle…", sagte er schließlich.

„Du siehst toll aus!", fügte er hinzu.

Sie trat einen halben Schritt zurück und vollführte eine komplette Drehung auf der Spitze ihres rechten Schuhs. Ihre roten Haare stoben dabei auseinander wie ein Funkenregen.

„Findest du? Danke!", flötete sie, „Leider muss ich jetzt weiterarbeiten. Ich sollte öfter vorbeikommen, um mir Komplimente abzuholen."

Wieder nickte Ronny eifrig.

„Gerne!" – „Und ruf mich bald an. Eine Lady lässt man nicht warten!", rief sie ihm lächelnd zu, während sie sich umdrehte und langsam wegging.

Ronny blickte ihr nach. Die enge Jeans unterstrich ihren wohlgeformten Po, der sich bei jedem Schritt von einer Seite zur anderen wog.

„Alter, pass auf, dass du nicht sabberst!", lachte sein Kollege Denis.

Wieder drehte sich Ronny ruckartig um. Wie lange hatte Denis wohl schon in der Nähe gestanden?

„Woher kennst du die Alte, Kumpel? Die ist echt heiß!", sagte Denis mit leichtem Neid in der Stimme.

„Noch von früher.", antwortete Ronny, „War so eine Art Sandkastenliebe."

Denis nickte anerkennend.

„Respekt, Alter, Respekt! Und? Geht da was?"

Ronny zuckte mit den Achseln. Denis schüttelte nur den Kopf.

„Wenn du die nicht anrufst, biste echt selbst schuld, Alter!"


Ronny hatte sich mit seinem Vater darauf geeinigt, dass dieser die Kinder von der Schule abholen und mit ihnen dann in ihrer Wohnung warten würde, bis Ronny von der Arbeit kam. Als Ronny heute heimkehrte, steckten die drei gerade mitten in einer Runde Mensch-ärgere-dich-nicht und so nutzt Ronny die verbleibende Zeit, um Dr. Lehmann zu besuchen. Er wollte ihm von der Sache mit Waldi erzählen. Vielleicht hatte sein kluger Freund eine Idee, was er nun tun konnte.

Er stieg die Treppe hinauf und klingelte, doch in der Wohnung blieb es still. Auch auf sein zweites Klingeln kam keine Reaktion. Ronny wunderte sich. Dr. Lehmann verließ zwar täglich das Haus, doch eigentlich war dies nicht seine übliche Zeit dafür.

Schließlich kehrte er in seine Wohnung zu seinem Vater und den Kindern zurück. Inzwischen hatte Svenja-Chantal das Spiel gewonnen und Kevin-Ricardo war Zweiter geworden.

„Gegen die Kleinen komme ich einfach nicht mehr an…", seufzte Ronnys Vater mit einem Augenzwinkern. Ronny lächelte ihm zu. Er wusste, dass sein Vater die Kinder fast immer gewinnen ließ.

„Hausaufgaben fertig?", fragte er seine Kinder.

„Ja.", antworteten sie wie aus einem Mund.

„Dann geht ihr noch ein bisschen spielen, während euer Opa und ich in der Küche Abendessen machen. Du bleibst doch noch, oder?", fragte Ronny seinen Vater.

Dieser nickte. Die zwei Erwachsenen gingen in die Küche. Ronnys Vater setzte sich an den Tisch und sah Ronny erwartungsvoll an.

„Was ist?", fragte dieser.

„Du willst mir doch irgendwas erzählen, oder?", erwiderte sein Vater.

„Wie kommst du darauf?", fragte Ronny ihn.

„Mein Junge, ich kenne dich. Und jetzt schieß los."

Ronny verdrehte die Augen. Ja, sein Vater kannte ihn tatsächlich.

„Es ist wegen gestern.", begann er.

„Hast du mit Waldi gesprochen?", fragte sein Vater.

Ronny nickte.

„Ja. Er sagt, er wäre Svenjas Vater."

Die Augen seines Vaters wurden groß.

„Was?", fragte er entgeistert, „Waldi? Dein Freund Waldi? Mit Ramona?"

Ronny nickte wieder.

„Sagt er zumindest. Aber was mache ich denn jetzt? Wenn das stimmen sollte, wird er vermutlich das Sorgerecht kriegen."

Ronny ließ sich auf einen Stuhl am Tisch fallen und stützte den Kopf in die Hände. Seine Unterlippe zitterte.

„Sie... sie ist doch meine Tochter!"

Ronnys Vater war aufgestanden und stand jetzt hinter ihm. Er legte Ronny unbeholfen eine Hand auf die Schulter.

„Natürlich ist sie deine Tochter.", sagte er mit beruhigender Stimme.

Eine Weile sagte keiner von ihnen ein Wort. Dann stand Ronny auf und begann, den Tisch für das Abendbrot zu decken. Sein Vater setzte sich wieder.

„Ich wollte aber auch noch was mit dir besprechen.", sagte er vorsichtig.

Ronny unterbrach das Decken des Tischs und sah seinen Vater an.

„Was denn? Hat der Arzt was gesagt?" – „Nein, keine Sorge. Mir geht's gut. Es ist eher wegen der Wohnung. Ich kann nicht jeden Tag zur Schule und von da zu deiner Wohnung und wieder zurück zu meiner laufen. Dafür bin ich zu alt. Und du weißt selbst, dass Busfahren ziemlich teuer ist auf Dauer. Ich habe überlegt, ob es nicht besser wäre, wenn wir uns zusammen mit den Kindern eine Wohnung suchen. Eine, die groß genug für uns alle vier ist. Vielleicht etwas näher an der Schule. Was meinst du dazu?"

Ronny überlegte. Natürlich hätte das eine ganze Menge Vorteile. Die Kinder wären gut versorgt und er selbst könnte ganz unproblematisch weiter arbeiten gehen. Aber da war auch die kleine Stimme in seinem Kopf, die ihn daran erinnerte, wie oft sein Vater und er früher aneinandergeraten waren, als sie noch zusammen gewohnt hatten. Und dann war da noch die Sache mit Svenja.

„Das ist eine gute Idee! Echt!", begann er zögerlich, „Aber solange wir nicht wissen, wie es mit Svenja weitergeht... Weißt du, ich möchte da nichts überstürzen."

Sein Vater nickte.

„Ja, da hast du recht."

Ronny sah seinem Vater die Enttäuschung an und es brach ihm beinahe das Herz.

„Lass uns warten, was dabei herauskommt.", fügte Ronny hinzu, doch auch das konnte die Enttäuschung in den Augen seines Vaters nicht mindern.

Ronny setzte erneut an.

„Vielleicht kannst du ja erst hier mit einziehen? Für immer ist das nichts, aber zumindest bis wir mehr wissen."

Die Miene seines Vaters hellte sich auf.

„Du meinst hier? Mit dir und den Kindern?", fragte er mit freudiger Stimme.

Ronny war sich noch lange nicht sicher, ob das eine gute Idee sein würde, aber für den Moment schien es ihm die beste Lösung.

„Genau. Du bist uns hier herzlich willkommen!"

# 19

Als die Kinder schon im Bett waren, hatte Ronny seinen Vater überredet, sein Bett zu nehmen und war selbst mit einer Decke auf das früher einmal schöne rote Sofa umgezogen. Das Wohnzimmer ließ sich nicht verdunkeln und so führte das helle Mondlicht dazu, dass Ronny zuerst nicht einschlafen konnte.

Er dachte an Peggy. Schon wieder hatte er sich nicht gemeldet. Und nun war es bereits so spät, dass er sie auch nicht mehr anrufen wollte. Ronny beschloss, ihr eine SMS zu schicken. Wenn sein Vater hier einzog, würde er auch mal wieder abends weggehen können. Vielleicht am Freitag? Am Samstag hätte er frei und würde ausschlafen können. Vielleicht konnten sie zusammen essen gehen.

Er warf einen Blick in sein Portemonnaie und seufzte. Vielleicht reichte es auch doch nur für ein Bier in der billigen Kneipe um die Ecke. Egal, auch dort konnte man gut sitzen und sich unterhalten. Und Peggy konnte sich ohnehin denken, dass er sich ein schickeres Date nicht leisten konnte.

Er stutzte und wunderte sich über seine eigenen Gedanken. Ein Date? War es wirklich ein Date? Oder doch nur ein Wiedersehen zweier alter Freunde? Schwer zu sagen. Ronny fragte sich, wann er zum letzten Mal ein Date gehabt hatte. Oder ob er überhaupt schon ein Date hatte. Mit Ramona nicht. Und davor? Er konnte sich nicht daran erinnern. Mit einem Seufzen gestand er sich ein, dass er den Abend einfach auf sich zukommen lassen musste. Doch zuerst würde er Peggy fragen müssen, ob sie überhaupt Zeit und Lust dazu hatte.

‚Hey Peggy, ist schon etwas spät für einen Anruf... Wollen wir vielleicht Freitagabend was trinken gehen?‘ Abgeschickt. Kurz darauf vibrierte sein Handy.

‚Vielleicht. Kommt drauf an, wer da schreibt!?‘ Ronny hätte sich ohrfeigen können. Wie konnte man bloß so dämlich sein?

‚Ich bins, der Ronny. Hab ich vergessen zu schreiben, sorry.‘ Er kam sich wie ein Idiot vor. Wieder vibrierte sein Handy.

‚Dann gerne! In der Kneipe in unserer alten Straße?‘ Ronny war überglücklich, dass Peggy eine Kneipe vorgeschlagen hatte und nicht irgendeine schicke, teure Bar oder einen Club.

‚Super Idee! Ich freu mich. Gute Nacht!‘ Er legte sein Handy beiseite, machte es sich unter seiner Decke bequem und drehte sich um. Plötzlich vibrierte sein Handy erneut.

‚Ich freu mich auch. Gute Nacht XO‘ Ronny stutzte. Was bedeutete denn ‚XO‘? Er hatte keine Ahnung. Wen konnte er das fragen? Seinen Vater wohl kaum. Dr. Lehmann war dafür wohl auch nicht der Richtige. Denis! Den würde er zwar erst morgen bei der Arbeit sehen, aber solange konnte er sich gedulden. Zufrieden mit sich schlief er ein.

Am nächsten Morgen weckte ihn sein Vater, noch bevor sein Wecker es tat.

„Du, Ronny, ich wollte nochmal fragen, ob das für dich alles so in Ordnung ist und wie wir das heute machen und so…"

Ronny stöhnte.

„Erst ein Kaffee, Papa." – „Ich koche uns einen. Zieh du dich mal erst in Ruhe an und dann ist der Kaffee in der Küche schon fertig."

Ronny seufzte und quälte sich langsam aus der warmen Decke. Mit einem erneuten Stöhnen stand er auf und ging ins Bad. Dort zog er sich seinen Blaumann an, wusch sich und ging in die Küche. Dort stand – wie sein Vater versprochen hatte – eine Tasse Kaffee an seinem Platz bereit. Ronny nippte vorsichtig daran und verzog den Mund.

„Ich hatte ganz vergessen, wie stark du deinen Kaffee trinkst.", sagte er mit einem Grinsen in Richtung seines Vaters.

Dieser grinste ebenfalls.

„Sonst könnte ich ja auch gleich Tee trinken…"

Diesen Spruch kannte Ronny von seinem Vater. Sobald es in einem Gespräch um die Stärke von Kaffee ging, sagte er das jedes Mal. Eine Weile saßen sie schweigend voreinander. Dann ergriff Ronny das Wort.

„Wäre es für dich in Ordnung, wenn ich am Freitagabend weggehe?" – „Kein Problem. Wo geht´s denn hin? Fußball?"

Ronny schüttelte den Kopf.

„Nee. Ich hab die Tage bei der Arbeit eine alte Bekannte getroffen. Peggy. Kennst du die noch?"

Sein Vater legte die Stirn in Falten.

„Peggy... Peggy... war das nicht diese Rothaarige? Die, die du früher immer heiraten wolltest?"

Ronny spürte, wie er rot wurde und beugte seinen Kopf über die Tasse.

„Ja.", antwortete er kurz.

„Und mit der hast du ein Date?"

Ronny nickte und sah seinen Vater an. In dessen Gesicht konnte er Skepsis sehen.

„Was dagegen?", fragte er ihn.

„Nein, nein!", antwortete sein Vater eilig, „Ich wundere mich nur. Weil Ramona ja gerade erst weg ist."

Ronny blickte seinen Vater wütend an. Doch dann wurde ihm bewusst, wie wenig sein Vater über ihn und Ramona wusste.

„Weißt du... das mit Ramona und mir... wir sind damals nur wegen Kevin zusammengezogen. Mehr war da nicht. Eigentlich mochten wir uns nicht mal besonders. Und dann haben wir uns einfach daran gewöhnt, dass es so war."

Der Blick seines Vaters war nicht so geschockt, wie Ronny es erwartet hatte.

„Du siehst nicht gerade überrascht aus.", stellte er fest.

„Naja. Irgendwie war das mit euch immer komisch. So richtig glücklich hat sie nie gewirkt. Und du auch nicht."
– „War ich auch nie. Aber die Arbeit, die Kinder, die Hausarbeit... ich habe schon oft gedacht, dass ich gerne etwas ändern würde, aber ich wusste nicht, wie.

Und jetzt… die neue Arbeit ist toll. Ramona ist weg. Du bist hier. Die Kinder sind auch hier. Jetzt habe ich noch Peggy wiedergetroffen. Ich glaube, es wird jetzt endlich besser. Verstehst du mich?"

Sein Vater nickte mit feuchten Augen.

„Genau das wünsche ich dir schon lange, mein Junge.", sagte er mit gebrochener Stimme.


Einige Zeit später kam Ronny in der Druckerei bei seinem Arbeitsplatz an. Es war noch fünf Minuten vor Arbeitsbeginn und er beschloss, Denis zu besuchen. Erst sprachen sie über belanglose Dinge, doch dann rückte Ronny mit seiner Frage raus.

„Sag mal, Denis, weißt du, was das heißt, wenn unter einer SMS ‚XO' steht?"

Denis sah ihn mit entgeisterter Miene an.

„Ernsthaft? Wo lebst du, Alter?", fragte er Ronny verwundert, „Das weiß doch jedes Kind… Das ist ein Kuss!" – „Ein Kuss?" – „Ja man, ein Kuss. Du weißt doch wohl, was das ist, oder?"

Ronny stieß Denis mit der Faust sanft gegen den Oberarm.

„Na klar doch."

Nun war Denis Neugier geweckt.

„Wer schreibt dir denn sowas? Deine Alte?" – „Nee, die bin ich seit ein paar Tagen los."

Denis nickte und sah zufrieden aus.

„Richtig so. Man darf sich auch nicht immer alles gefallen lassen. Und du hast jetzt direkt die nächste am Start, oder wie?"

Ronny schüttelte den Kopf.

„Quatsch. Das ist nur ´ne alte Freundin."

Doch das schien Denis nicht zu reichen.

„Alte Freundin? Der heiße Rotschopf, der da letztens bei dir stand?"

Ronny nickte und spürte, wie sein Gesicht erneut rot wurde.

„Ich geh dann mal arbeiten.", sagte er.

Denis rief ihm nach.

„Du musst mir alles erzählen, Alter!"

Kurz darauf saß Ronny auf seinem Elektrowagen und brachte das bestellte Papier an seinen Bestimmungsort. Peggy hatte ihm also ein Küsschen geschickt. War es also vielleicht doch ein Date?

Am Nachmittag, als er wieder nach Hause kam, holte ihn ein Anruf von Frau Claasen wieder aus seiner Vorfreude zurück auf den harten Boden der Realität.

„Der andere Anwärter auf die Vaterschaft hat sich gemeldet. Er hat beim Vormundschaftsgericht angekündigt, einen Vaterschaftstest zu machen. Das wird sich dann also nicht mehr lange hinziehen." –

„Dieser Dreckssack!", entfuhr es Ronny.

„Wie bitte?", fragte Frau Claasen.

„Waldi. Dieser Dreckssack. Er hat es mir erzählt, dass er der andere ist. Dabei hat der doch selbst eine Frau!"

– „Dazu darf ich Ihnen leider nichts sagen.", antwortete Frau Claasen.

Ronny hörte das Unbehagen aus ihrer Stimme.

„Natürlich, Frau Claasen, tut mir leid. Sie können ja auch nichts dafür." – „Nein.", sagte sie, „Die Situation ist sicherlich kompliziert. Aber wir alle – Sie ja sicher auch – wollen nur das Beste für die Kinder. Trotzdem müssen wir uns auch an die Gesetze halten und vor allem an das, was die Richter letztlich entscheiden. Die andere Partei hat sich gegen eine Einigung entschieden und dadurch läuft es auf jeden Fall auf ein Gerichtsverfahren hinaus. Aus Erfahrung kann ich Ihnen sagen, dass so ein Verfahren für die Kinder selbst am schlimmsten ist. Wer auch immer den Prozess gewinnt, Verlierer sind immer die Kinder."

# 20

Am Abend des nächsten Tages saß Ronny abends bei Dr. Lehmann auf der Couch und trank mit ihm den traditionellen Tee. Er hatte ihm von Waldi und dem anstehenden Prozess erzählt, doch Dr. Lehmann hatte dazu nicht viel sagen können.

„Sie werden abwarten müssen, was passiert, Ronny. Das liegt jetzt nicht mehr in Ihrer Hand."

Er unterbrach sich kurz für einen Schluck Tee, dann fuhr er fort.

„Aber da erinnern Sie mich an etwas. Ich hatte ja gesagt, ich würde mich um die Sache letztens mit dem Polizisten kümmern."

Ronny wurde neugierig und sah sein Gegenüber gespannt an.

„Und?" – „Zuerst die schlechte Nachricht. Ein Schmerzensgeld werden Sie nicht kriegen. Der zweite Beamte hat zugunsten seines Kollegen ausgesagt, dass Sie sich so stark gewehrt hätten, dass er keine andere Wahl hatte." – „Was? Der war doch gar nicht dabei und kam erst später dazu!" – „Ja, das glaube ich Ihnen, aber Aussage ist Aussage. Da kann ich nichts machen. Dafür konnte ich die Anklage gegen Sie wegen Widerstands gegen die Staatsgewalt aus der Welt schaffen. Die Sache ist für Sie also in jeglicher Hinsicht erledigt."

Ronny seufzte erleichtert. Er freute sich, doch kurz darauf blickte er Dr. Lehmann hilflos an.

„Und schon wieder weiß ich nicht, wie ich Ihnen danken soll, Dr. Lehmann."

Wie üblich winkte dieser ab.

„Verlieren wir kein weiteres Wort darüber. Wir haben ohnehin noch etwas Anderes zu besprechen."

Dr. Lehmann blickte aus dem Fenster. Ronny sah ihn fragend an.

„Was denn noch?"

Sein Gegenüber seufzte tief, stand aus seinem Sessel auf, öffnete das Fenster und zog seine Pfeife aus der Tasche seines Jacketts. Wortlos stopfte er seine Pfeife, setzte sich auf das Fensterbrett und zündete seine Pfeife an.

Nachdem er einige Züge genommen hatte, blickte er Ronny wieder an.

„Ich werde wegziehen, Ronny."

Einen Moment lang spürte Ronny gar nichts. Dann verstand er erst, was Dr. Lehmann ihm gerade mitgeteilt hatte.

„Aber… was… warum… wann… ich… also…", stammelte er.

Dr. Lehmann nahm einen weiteten Zug aus seiner Pfeife.

„Vermutlich schon übernächste Woche. Ich habe einen neuen Job in Freiburg. Dort werde ich dann auch hinziehen."

Ronny war noch immer beinahe sprachlos.

„Einen neuen Job?", fragte er.

Dr. Lehmann nickte. „Ja, als Dozent an der Universität. Für den Bereich Moralphilosophie. In den letzten Monaten habe ich an meiner Habilitation geschrieben und die habe ich nun eingereicht." – „Habili... was?" – „Eine Habilitation ist eine umfangreiche wissenschaftliche Arbeit zu einem bestimmten Thema. Wenn diese angenommen und ausreichend bewertet wird und man einige Prüfungen, die dort dazugehören, besteht, dann darf man künftig einen Lehrstuhl besetzen und sich Professor nennen. Die Prüfungen habe ich allesamt bereits bestanden und nun noch meine Habilitationsschrift eingereicht. Die wird nun bewertet. Dann muss ich sie noch vor einem Expertengremium verteidigen und danach kann ich den Lehrstuhl in Freiburg endgültig besetzen. Bis dahin werde ich dort die Vertretung übernehmen, um mich einzuleben."

Eine ganze Weile lang sagte keiner von ihnen ein Wort. Dann fuhr Dr. Lehmann fort.

„Wissen Sie, Ronny, ich habe dort schon früher die Vertretung für den Lehrstuhl übernommen und mich dort auch dafür beworben, ihn zu besetzen. Ich habe die Vertretung jahrelang gemacht mit tollen Rückmeldungen der Studierenden. Aber wenn es um eine endgültige Besetzung geht, braucht es nicht die nötige Eignung, sondern bloß die passende Qualifikation – nämlich die erfolgreiche Habilitation. Wir leben in einer Welt, in der ein Zertifikat mehr wert ist als eine Fähigkeit. Es zählt nicht, ob man der Beste für einen Job ist, sondern nur, ob man den richtigen Abschluss dafür hat. Beschämend, nicht wahr?"

Ronny nickte langsam, obwohl er außer den letzten zwei Sätzen kaum etwas verstanden hatte. Dr. Lehmann hatte also ganz offensichtlich seinen Traumjob gefunden und würde ihn nun auch antreten können – allerdings in Freiburg. Nach Waldi würde er also innerhalb von kürzester Zeit seinen nächsten Freund verlieren. Er ließ sich seufzend in die Polster der Couch fallen.

„Es tut mir wirklich leid, Ronny. Aber das ist meine große Chance. Die Aufgabe, die ich mir immer gewünscht habe. Mein großer Traum ruft mich und ich werde folgen. Doch es wird mir sehr schwer fallen, dies alles hier und vor allem Sie hinter mir lassen zu müssen."

Ronny nickte langsam. Er konnte Dr. Lehmann verstehen. Für seinen Traum würde Ronny auch einiges tun. Er verabschiedete sich von Dr. Lehmann, doch er ging nicht direkt zurück in seine Wohnung, sondern besuchte wieder einmal das Dach. Hier hatte er schon lange nicht mehr gestanden. Er blickte hinab und sah, wie Dr. Lehmann zu seinem abendlichen Spaziergang aufbrach. Sein Freund hatte also nun die große Chance, seinen Traum zu leben. Ronny würde auch alles tun, um seinen Traum zu leben.

Doch was war sein Traum? Eine Festanstellung in der Druckerei? Dass beide Kinder bei ihm und seinem Vater bleiben durften? Im Haus gegenüber konnte Ronny durch ein hell erleuchtetes Fenster das junge Pärchen sehen, dass er letztens in der Schlange der Wohnungsbesichtigung gesehen hatte. Die beiden saßen wild knutschend auf einem Sofa, das mit dem Rücken zum Fenster stand. Spielte vielleicht auch Peggy in seinem Traum eine Rolle?

# 21

Für den nächsten Nachmittag hatte Ronny für Kevin-Ricardo einen Termin bei einem Kinderpsychologen besorgt. Ronny sah, dass sein Sohn nicht besonders begeistert war, doch er schaffte es letztlich, ihn zu überreden.

Kurz darauf saßen sie im Wartezimmer. Dort lag einiges an Spielzeug und Büchern, doch Kevin-Ricardo saß verängstigt auf dem Schoß seines Vaters und kuschelte sich an ihn. Schließlich kam ein freundlich aussehender älterer Herr mit einem weißen Rauschebart ins Zimmer. Kevin-Ricardo sah ihn mit großen Augen an.

„Bist du der Weihnachtsmann?"

Dem großen Bauch unter dem Rauschebart entfuhr ein tiefes, lautes Lachen.

„Nein, leider nicht. Ich bin Dr. Wilken. Du bist Kevin, nicht wahr?"

Der Junge nickte.

„Ich möchte mich gerne ein bisschen mit dir unterhalten, Kevin, ist das in Ordnung für dich? Vielleicht können wir dabei ein bisschen was zusammen spielen oder malen."

Kevin nickte und sprang von Ronnys Schoß. Doch bevor er zu Dr. Wilken ging, blickte er seinen Vater noch einmal fragend an. Ronny nickte eifrig und dann ging sein Sohn zu Dr. Wilken. Dieser wandte sich nun an Ronny.

„Und mit Ihnen würde ich nachher auch gerne noch sprechen, aber zuerst unterhalte ich mich mit Kevin. In Ordnung?"

Ronny nickte.

„Na klar. Viel Spaß, Kevin!", rief er seinem Sohn hinterher, als dieser mit Dr. Wilken das Wartezimmer verließ.

Gelangweilt sah sich Ronny im Raum um. Einige Bilder hingen an der Wand. Vermutlich moderne Kunst. Ronny hatte wenig Verständnis für Kunst. Zeitverschwendung. Man konnte nie verstehen, was diese Bilder bedeuten sollten. Und zumindest er hatte auch weder die Zeit, noch das Interesse, sich darüber Gedanken zu machen. Das war ein Luxus für reiche Leute mit zu viel Zeit.

Sein Blick durchstreifte den Raum weiter. Vor ihm auf dem Tisch lagen neben vielen Kinderbüchern einige Zeitschriften. Hauptsächlich Klatschzeitschriften, wie sie Ramona immer gerne gelesen hatte. Außerdem eine Tageszeitung. Ronny griff danach. Wie lange hatte er keine Zeitung mehr in der Hand gehabt? Er fragte sich, was überhaupt im Moment so los war in der Welt. Letztlich musste er sich eingestehen, dass er darüber nichts wusste. In den letzten Jahren hatte er sich nur Gedanken darüber machen können, wie er sich selbst über Wasser halten konnte. Er hatte selbst Probleme genug. Da konnte er sich nicht auch noch mit den vielen Problemen der anderen Leute in aller Welt beschäftigen. Doch nun war er doch etwas neugierig.

Er blickte auf die Titelseite. Dort stand in großen Lettern eine Aussage des amtierenden Ministerpräsidenten. Den Namen hatte Ronny noch nie gehört. Er überlegte, wann er zuletzt zu einer Wahl gegangen war. Schließlich gestand er sich ein, dass er überhaupt noch nie bei einer Wahl gewesen war. Wozu auch? Er glaubte nicht, dass seine Lage sich durch seine einzelne Stimme verbessern oder überhaupt irgendwie verändern würde. Wozu also wählen, wenn sich eh nichts änderte?

Waldi war da ganz anders. Er war früher Mitglied der hiesigen NPD gewesen und hatte oft versucht, Ronny für die Aktivitäten der Partei zu begeistern. Einmal wäre Ronny beinahe mitgekommen, doch dann hatte er im Hausflur gehört, wie sich die Nazis aus dem Dachgeschoss darüber unterhalten hatten, dass sie dorthin wollten.

„Ordentlich saufen und dann hinterher bisschen rumfahren und Bimbos klatschen.", hatte der eine freudig angekündigt.

Mit solchen Leuten wollte Ronny nichts zu tun haben. Er hatte schon von seinem Vater und später durch die bunte Mischung von Herkunftsländern seiner Mitschüler gelernt, dass es nicht auf Hautfarben und Religionen ankam. Entweder waren Menschen nett oder eben nicht. Das war bei Deutschen ebenso wie bei Türken, Nigerianern oder Chinesen und bei Christen genauso wie bei Hindus, Muslimen oder den Zeugen Jehovas.

Er blickte wieder auf die Zeitung.

Die nächste Schlagzeile machte ihn neugierig. ‚Fenster-Verlag gibt erstes Angebot für die Druckerei Zepter ab'. Das musste Peggys Arbeitgeber sein. Ronny las gespannt die nächsten Zeilen.

Der Verlag schien in letzter Zeit häufig kleinere Firmen aufzukaufen, die ihn belieferten. Die meisten kleinen Firmen waren dann verkleinert worden. Besonders die Verwaltungen hatten darunter zu leiden, denn alle Firmen wurden künftig zentral von der Verwaltung des Verlages aus bearbeitet. Einige wenige Verwaltungskräfte hatte man dafür wohl aus den kleineren Firmen übernommen, aber die meisten hatten gehen müssen. Die Arbeiter selbst waren allerdings meistens geblieben. Das würde Ronny also hoffentlich nicht treffen. Letztlich musste seine Arbeit ja ohnehin gemacht werden. Die Auslieferung von Druckerpapier an den jeweiligen Arbeitsplatz konnte man nicht zentralisieren.

Er beschloss, Peggy am Freitag näher zu befragen. Die konnte ihm bestimmt einiges darüber erzählen. Ansonsten enthielt das Titelblatt der Zeitung beinahe nur noch Werbung. Er blätterte die Zeitung auf. Börsennachrichten – uninteressant. Wirtschaftsnews – langweilig. Lokalnachrichten – schon besser. Doch auch hier fand Ronny wenig Lesenswertes.

Berichte über Schützenvereine, Aktivitäten der Frauengemeinschaft und Leseclubs wechselten sich ab mit einigen Leserbriefen zur aktuellen Diskussion um den Ausbau der Umgehungsstraße.

Ein Leser beschwerte sich, dass dort, wo die Straße gebaut werden sollte, eine besondere Krötenart lebte und dass man die keinesfalls von dort vertreiben dürfe. Der Vorschlag des Beschwerdeträgers war eine Brücke an der entsprechenden Stelle. Ronny schüttelte den Kopf.

Er war sicherlich kein Ingenieur und auch kein Biologe, aber er konnte sich an drei Fingern abzählen, was die Kröten tun würden, wenn über ihren Köpfen eine Brücke gebaut werden würde. Der Baulärm würde sie vertreiben und dann wäre die teure Brücke völlig umsonst. Sorgen hatten die Leute... Ronny fragte sich, was das für Menschen waren, die überhaupt die nötige Zeit hatten, um sich so intensiv mit solchen Themen zu beschäftigen und die vor allem den nötigen Nerv dafür übrig hatten. Das musste ein sehr sorgloses Leben sein.

Die Stimme von Dr. Wilken riss ihn aus seinen Gedanken.

„Wollen Sie mitkommen?"

Ronny nickte, legte die Zeitung zurück auf den Tisch und folge dem Psychologen in das Zimmer, in dem Kevin-Ricardo in einer Ecke mit einer Ritterburg spielte. Auch das restliche Zimmer erinnerte Ronny nicht an eine Arztpraxis.

Dr. Wilken nahm auf einem Sessel Platz und zeigte mit einer Hand auf den gegenüberliegenden Sessel. Ronny folgte seiner Aufforderung.

„Und, was denken Sie?", fragte er den Psychologen. Dieser lächelte breit.

„Dasselbe wollte ich Sie fragen. Was denken Sie?"

Ronny erwiderte das Lächeln.

„Na gut, Sie sind der Doc.", antwortete er schmunzelnd, „Ich denke, Kevin geht es soweit ganz gut. Als wir zum ersten Mal wieder nach Hause kamen, hatte er ein bisschen Schiss, aber das hat sich schnell gelegt. Er will viel kuscheln, aber das ist ja auch kein Wunder. Bei dem, was er miterleben musste."

Dr. Wilken nickte.

„So ähnlich würde ich das auch sehen. Trotzdem würde ich mich gerne noch öfter mit Kevin treffen, denn sie sagen ja selbst, dass er schlimme Dinge erlebt hat. Ist das für Sie in Ordnung?"

Ronny nickte.

„Klar, wenn es ihm hilft. Die Hauptsache ist, dass es ihm gut geht."

# 22

Heute war Ronny schon von allein vor seinem Wecker wachgeworden. Es war Freitag. Heute Abend würde er sich mit Peggy treffen. Und schon jetzt war Ronny nervös. Zuerst schmierte er wie übliche die Brote für seine Kinder und für sich selbst. Füllte seine Thermoskanne mit Kaffee und packte seine Tasche für die Arbeit.

Danach ging er wieder ins Wohnzimmer und setzte sich auf das Sofa, das neuerdings ein Bett war. Er sah auf die Uhr. Noch über eine Stunde, bis der Bus kam. Und nun? Er stand auf, ging ein wenig auf und ab und setzte sich wieder.

Wie konnte es bloß sein, dass er dermaßen aufgeregt war? Es war doch nur Peggy. Die Peggy, die er von Kindesbeinen an kannte. Mit der er zusammen im Sandkasten gespielt hatte. Die im Kindergarten seine Frau geworden war, als sie ‚Heiraten' gespielt hatten.

Natürlich hatte er sich seit Jahren schon nicht mehr mit einer Frau allein getroffen. Eigentlich sogar noch nie. Aber es war doch nur ein gemütliches Gespräch in einer Kneipe und eigentlich kein Grund, dermaßen nervös zu sein. Er blickte wieder auf die Uhr.

Eine Minute später als beim letzten Mal. Manchmal ging die Zeit auch wirklich gar nicht vorbei. Das war ihm früher während seiner Zeit als Kartonzerkleinerer besonders aufgefallen. Er hatte dann eines Abends mit Dr. Lehmann darüber gesprochen.

Je öfter man auf die Uhr sah, desto langsamer verging die Zeit. Hatte das nicht so ähnlich dieser berühmte Typ mit dem Wuschelkopf früher mal gesagt, der heute auf diversen Bildern mit herausgestreckter Zunge zu sehen war? An den Namen konnte sich Ronny nicht erinnern. Er sah wieder auf die Uhr.

Noch genauso spät wie beim letzten Mal. Ob er den Fernseher anschalten sollte? Besser nicht, sonst würde der noch die Kinder wecken. Er fragte sich, wann der Fernseher das letzte Mal überhaupt gelaufen war. Zumindest er hatte nicht ein einziges Mal ferngesehen, seitdem er nach dem Streit mit Ramona wieder in seine Wohnung zurückgekehrt war.

Der Fernseher war immer schon Ramonas Herzensangelegenheit gewesen. Immer möglichst laut, immer möglichst dämliche Reality-TV-Sendungen. Um das eigene Elend besser ignorieren zu können, wie Dr. Lehmann gesagt hatte. Sein Blick fiel wieder auf die Uhr.

Wieder eine Minute vergangen. Trotzdem noch über eine Stunde, bis der Bus kam. Ob sein Vater wohl schon wach war? Der war sonst immer ein Frühaufsteher gewesen. Doch die Zeit mit den lebendigen Kindern setzte ihm merklich zu. Inzwischen brauchte er deutlich mehr Schlaf und legte sich oftmals nachmittags, wenn Ronny von der Arbeit kam, noch ein Stündchen ins Bett. Noch die gleiche Uhrzeit wie beim letzten Mal. Wieder stand Ronny auf und ging im Zimmer auf und ab. Setzte sich wieder. Stand wieder auf. Lief wieder auf und ab. Setzte sich wieder.

Noch eine Minute weniger warten. Nun wurde es ihm zu bunt. Er beschloss, einfach den Bus eine Stunde vorher zu nehmen. Vielleicht konnte er dafür dann eher nach Hause fahren. Und dort wieder warten.


Auf dem Weg durch die Druckerei zu seinem Arbeitsplatz lief er Herrn Wels über den Weg. Dieser sah überrascht aus.

„Sie sind aber früh dran." – „Ja", gestand Ronny, „ich konnte nicht mehr schlafen. Und da dachte ich, vielleicht kann ich hier schon was tun."

Herr Wels grinste und nickte.

„Da muss ich Sie enttäuschen. Solange die Drucker noch nicht an der Arbeit sind, brauchen sie auch noch kein Papier. Aber wenn Sie mögen, können Sie mich auf meinem morgendlichen Rundgang durch die Abteilung begleiten. Ich sehe jeden Morgen nach, ob alles in Ordnung ist, damit alle sofort mit der Arbeit starten können. Und dann können wir in meinem Büro zusammen einen Kaffee trinken und über Ihre ersten Tage hier sprechen."

Ronny nickte. Das klang gut. Dann konnte er die Abteilung etwas näher kennenlernen. Herr Wels zeigte ihm die Druckerpressen und erklärte, wie genau das Ganze funktionierte. Ronny war fasziniert.

Herr Schönharnovic hatte nie jemandem erklärt, wie etwas funktionierte. Er war nur durch die Gegend stolziert und hatte Befehle gegeben. Immer nur Befehle, niemals Erklärungen.

Einige Zeit später saßen die beiden im Büro von Herrn Wels und tranken einen Kaffee. Herr Wels erzählte zuerst eine Weile von seiner Frau und seinen drei Töchtern.

„Und nun erzählen Sie doch mal ein bisschen was von sich. Ich weiß immer gerne, was das für Menschen sind, mit denen ich zusammenarbeite.", sagte Herr Wels.

Ronny überlegte. Was gab es da zu erzählen?

„Tja… was soll ich sagen?", fragte er nachdenklich, „Ich habe auch zwei Kinder, Kevin und Svenja."

Zumindest hoffte er das, doch diesen Gedanken behielt er lieber für sich.

„Vor kurzem haben meine Frau und ich uns getrennt, die Kinder leben aber bei mir. Ziemlich komplizierte Geschichte."

Ronny hoffte, dass Herr Wels nicht weiter nachfragen würde und dieser tat ihm den Gefallen und wechselte das Thema.

„Und wie sind Sie zu dieser Zeitarbeitsfirma gekommen?", fragte er Ronny.

Dieser seufzte. Er schämte sich ein wenig.

„Nach der Schule keine Ausbildung gemacht und irgendwann, als dann der Kurze da war, brauchten wir Geld. Mein Vater hatte dann was in der Zeitung gelesen. ‚Ungelernte Kräfte gesucht, gute Bezahlung bei leichter Arbeit' und dann hab ich da mal angerufen. Zwei Stunden später saß ich da im Büro und hab den Vertrag unterschrieben, ohne groß nachzufragen, was

‚gute Bezahlung' oder ‚leichte Arbeit' überhaupt bedeuten sollte. Und dann bin ich zuerst in der Schraubenfabrik gelandet."

Ronny nippte an seinem Kaffee, bevor er fortfuhr.

„Immer zwei Schrauben in eine kleine Plastiktüte und dann hundert Tüten zusammen in eine Kiste. Jeden Tag."

Herr Wels sah ihn mit großen Augen an.

„Klingt nicht besonders spannend.", sagte er.

Ronny nickte.

„Und danach ging es dann in das Versandzentrum. Müll einsammeln, trennen, Pappkartons kleinschneiden." – „Pappkartons kleinschneiden? Im Ernst?" – „Ja. Ein Kollege hat mir mal erklärt, dass es günstiger ist, wenn Leiharbeiter das machen, als wenn man sich eine Müllpresse kauft oder die Pappe so entsorgt. Je besser kleingeschnitten, desto weniger Platz in der Tonne, desto weniger Entsorgungskosten.", erklärte Ronny.

Herr Wels schüttelte den Kopf.

„Unglaublich. Und traurig. Das klingt nicht besonders erfüllend."

Ronny nickte.

„Nee, echt nicht. Etwas abwechslungsreicher als in der Schraubenfabrik, das schon, aber auch noch etwas stumpfsinniger. Da darf man dann halt wirklich nicht bei nachdenken."

Herr Wels nickte und sah eine Weile aus dem Fenster seines Büros. Dann sah er Ronny an.

„Ich sage es nur ungern, aber wir müssen gleich wieder an die Arbeit. Hat mich sehr gefreut, Sie ein bisschen mehr kennengelernt zu haben. Ich habe das Gefühl, Sie passen hier gut rein. Und heute Abend können Sie dann gerne eine Stunde eher gehen. Ist ja sowieso Freitag, da haben Sie bestimmt noch was Besseres vor."

Ronny grinste. Und wie er das hatte.

# 23

Als Ronny wieder zuhause war, duschte er sich zuerst, rasierte sich und stand dann etwas ratlos vor dem Spiegel. Vor seiner Zeit mit Ramona hatte er sich manchmal die Haare gegelt, doch er wusste gar nicht mehr so recht, wie das ging und vor allem, ob das gut aussehen würde. Plötzlich hatte er eine Idee. Er flitzte aus der Wohnung und stürmte die Treppen herab nach unten zu Mandy. Die kannte sich mit solchem Schönheitskram aus.

Er klingelte. Dann fiel ihm ein, dass Mandy noch Geld von Ramona und ihm bekam. Er kramte sein Portemonnaie heraus. Viel war dort nicht zu holen. Aber jetzt, wo auch sein Vater etwas Geld zum Haushalt beisteuerte, war auch endlich mal etwas Geld übrig. Fünfzig Euro würde er Mandy schon einmal anzahlen können. Sie öffnete ihm ungeschminkt und sah ihn überrascht an.

„Ronny, lange nicht gesehen. Alles gut? Man hört ja die wildesten Geschichten von euch. Komm doch rein."

Ronny trat ein. Er war noch nie in Mandys Wohnung gewesen. Direkt hinter der Tür folgte ein Raum, den Mandy wohl als Arbeitszimmer nutzte. Viel Plüsch, rote Lampen, in einer Ecke ein Waschbecken und ein Tisch mit Papiertaschentüchern und Cremes. In der Mitte ein riesiges, runter Bett mit einem Spiegel an der Decke. An der anderen Seite des Flurs ein Badezimmer. Dahinter war der zweite Teil des Flurs durch einen Vorhang von der restlichen Wohnung getrennt. Und dieser Rest sah aus wie jede normale Wohnung. Mandy hatte sich hier zwei Welten geschaffen. Die Nuttenwelt und die normale Welt.

Ronny folgte ihr in die Küche und setzte sich dort mit ihr an den Tisch. Mandy holte zwei Tassen aus einem Deckenschrank und goss ihnen Kaffee ein.

„Und nu erzähl ma, Ronny, wie isses denn jetzt eigentlich? Kommt Moni wieder und wo ist die überhaupt?"

Ronny nahm einen Schluck Kaffee, seufzte und zuckte dann mit den Schultern.

„Ich weiß nicht so genau. Wieder kommt die auf keinen Fall. Die hat die beiden Kurzen verprügelt und sitzt jetzt im Knast."

Mandy war bleich geworden.

„Oh Gott. Und wat is mit die Kinder?" – „Die bleiben erstmal bei mir. Kevin auf jeden Fall. Und bei Svenja... naja... da muss sich erst noch rausstellen, wer der Vater ist." – „Wat?" – „Ja, es gibt da noch einen anderen Kerl. Waldi. Kennste vielleicht. Ist... war ein Kumpel von mir."

Mandy schüttelte den Kopf. Ronny dachte kurz darüber nach, ob Mandy als einzige Freundin von Ramona nicht doch vielleicht etwas mehr wusste, aber nun glaubte er ihr. Er holte sein Portemonnaie aus der Tasche, zog einen Fünfziger heraus und legte ihn zwischen sie auf den Tisch.

„Hier, schon mal eine kleine Anzahlung. Ist nicht viel, aber immerhin ein Anfang."

Mandy sah zuerst den Schein und dann Ronny an, ließ den Schein aber liegen.

„Ich weiß nich. Eigentlich hat doch Moni den Sekt bekommen. Sind ja ihre Schulden und nicht deine."

Ronny nickte.

„Klar, aber glaubst du, dass du von der noch mal einen Cent sehen wirst? Ich nicht. Würde mich wundern, wenn die so bald aus dem Knast rauskommen sollte. Und da kannst du ja auch nichts für. Nimm schon. Jetzt wo Papa auch oben wohnt, bleibt ein bisschen was über. Dann kann ich dir immer mal wieder was zurückgeben."

Mandy seufzte, nahm den Schein und steckte ihn in ihren Ausschnitt.

„Dafür kannst du mir dann auch einen Gefallen tun.", fuhr Ronny zögerlich fort.

Mandys Blick wirkte neugierig. „Was'n?" – „Naja… ich treff mich gleich mit einer alten Freundin… und ich wollte einigermaßen vernünftig aussehen… und ich dachte… naja… da kannst du mir bestimmt ein paar Tipps geben…"

Mandy grinste.

„Na klar! Da bin ich Profi! Komm ma mit rüber in die Bummskammer. Da habe ich meine Waffenkammer."

Sie stand auf und er folgte ihr in das Zimmer direkt neben der Wohnungstür.

„Setz dich ma da auf den Stuhl hin. Ich würde sagen, wir machen die Haare ma ein bisschen schicker.

Schminken soll ich dich doch bestimmt nicht, oder?",
grinste sie ihn an.

Ronny wurde rot und schüttelte eilig den Kopf. Er hörte,
wie Mandy hinter ihm in einem Koffer kramte, den sie
zuvor herbeigeschleppt hatte und spürte, wie sie sich
an seinen Haaren zu schaffen machte.

„Und? Ist sie hübsch?", hörte Ronny sie fragen.

„Ja, schon. Ist aber nur 'ne Bekannte von früher." –
„Also ein Date?"

Ronny zögerte mit einer Antwort. Eigentlich nicht,
vielleicht aber auch doch. Er war sich da ja selbst noch
nicht so richtig sicher. Schließlich zuckte er mit den
Schultern.

„Weiß ich nicht so genau. Wir haben uns Ewigkeiten
nicht gesehen und dann vor ein paar Tagen bei der
Arbeit wiedergetroffen. Dann hat sie mir ihre Nummer
gegeben und jetzt treffen wir uns halt nachher auf ein
Bier." – „Also doch ein Date."

Ronny hätte jetzt gerne Mandys Gesicht gesehen, um
festzustellen, ob sie ihn ärgern wollte oder nicht. Aber
sie stand hinter ihm und an ihrer Stimme konnte er nicht
hören, wie sie es meinte.

„Kann schon sein.", antwortete Ronny zögerlich.

„Klar, wenn sie dir schon ihre Nummer gibt, ist es ein
Date. Wie heißt se denn?" – „Peggy." – „Und wie isse
so?"

Ronny überlegte. Wie war Peggy überhaupt? Er hatte
sie nun ja auch schon sehr lange nicht gesehen. Er
dachte an früher.

„Wir haben als Kinder zusammen gespielt. Damals war sie immer schon die Klügste in der Straße. Und die schnellste. Wenn sie losgerannt ist, sah es immer aus, als würden ihre roten Haare Funken sprühen. Sie ist dann später auf ein Gymnasium gegangen und dann haben wir uns aus den Augen verloren."

Er schwelgte einen Moment in Erinnerungen an damals. Damals war er noch glücklich gewesen. Damals. Vor Ramona.

„Und dann lief sie letztens bei meiner neuen Arbeit rum. Ich bin neuerdings in einer Druckerei." – „Arbeitet sie da auch?" – „Nee. Sie gehört zu einem Unternehmen, was die Druckerei kaufen will. Irgendein Verlag, für den wir arbeiten. Stand neulich auch in der Zeitung."

Er hörte Mandy glucksen.

„Als ob. Ich und Zeitung lesen", prustete sie, „Seit wann guckst du denn inne Zeitung?"

Ronny musste grinsen.

„Lag beim Arzt im Wartezimmer.", antwortete er.

Eine Weile herrschte Stille. Dann fragte Mandy weiter.

„Dann hat sie wohl auch einen wichtigen Job, oder?"

Ronny nickte.

„Scheint so, ja. Läuft da immer in schicken Klamotten und mit einer Gruppe von Schlipsträgern rum." – „Hört sich doch gut an.", sagte Mandy, „Klingt nach einer guten Partie."

Ronny beschloss, nichts dazu zu sagen. Natürlich hatte Mandy recht. Peggy war nicht nur umwerfend schön und intelligent, sondern sie hatte auch einen guten Job. Warum wollte sie sich bloß mit ihm treffen? Seit ihrer letzten SMS war er sich recht sicher, dass es sich bei ihrem Treffen um mehr handeln könnte als um ein kurzes Wiedersehen zweier alter Freunde. Plötzlich war er sicher. Es war definitiv ein Date. Aber warum wollte eine Klassefrau wie Peggy bloß ein Date mit einem Loser wie ihm?

Nachdem sie mit seinen Haaren fertig war, hatte Mandy ihm angeboten, dass sie mit nach oben kommen und ein paar vernünftige Klamotten mit ihm aussuchen würde. Ronny hatte das Angebot gerne angenommen und stand nun in einer noch recht neuen blauen Jeans und einem etwas zu engen weißen Hemd vor dem Spiegel. So schick hatte er sich schon lange nicht mehr gemacht. Wann hatte er zuletzt ein weißes Hemd getragen? Bei der Hochzeit? Vermutlich.
Vielleicht war es das gleiche Hemd gewesen, das er auch heute trug. Wahrscheinlich sogar. Er hätte niemals Geld für ein Kleidungsstück ausgegeben, dass er nicht unbedingt brauchte. Und weiße Hemden brauchte er ganz sicher nicht. Wozu auch?
Er beneidete all die Leute, die es sich leisten konnten, Klamotten zu kaufen, die sie hübsch fanden. Er konnte sich eigentlich gar keine Klamotten kaufen, egal ob hübsch oder nicht. Neue Sachen hatte er in den letzten Jahren nur dann gekauft, wenn etwas Altes so kaputt war, dass es nicht mehr zu gebrauchen war. Und dann wurden Sachen gekauft, die möglichst billig waren. Genauso sahen diese Sachen dann oft auch aus. Doch als er sich nun im Spiegel betrachtete, sah er gar nicht

mehr billig aus. Mandy hatte seine Haare schick gemacht, hatte ihm gesagt, er müsse das Hemd in die Hose stecken und reichte ihm nun noch einen breiten schwarzen Gürtel mit einer großen, silbernen Schnalle. „Nicht nötig, die Hose hält auch so.", sagte er und konnte sehen, wie Mandy die Augen verdrehte.

„Männer! Darum geht´s doch gar nicht. Das sieht doch mit Gürtel richtig schmucke aus. Darum geht´s! Du hast gleich ein Date mit einer richtig guten Partie, da musste was raus machen."

# 24

Eine Stunde später stand Ronny vor der Kneipe, in der sie verabredet waren und wartete dort auf Peggy. Zuerst hatte er drinnen nachgeschaut, ob sie schon da war, doch nachdem er sie dort nicht gefunden hatte, war er wieder vor die Tür gegangen. Er war nervös wie schon seit Ewigkeiten nicht mehr. Eigentlich hätte er jetzt gerne eine geraucht, doch er hatte ja seine Zigarettenvorräte weggeworfen und war eigentlich auch ziemlich stolz darauf, dass er nun schon eine ganze Woche ohne die Dinger ausgekommen war.

Immer wieder blickte er auf seine Uhr, auf sein Handy und dann die Straße auf und ab. Und wie schon am Morgen, als er nervös in seinem Wohnzimmer gesessen hatte, verging die Zeit nicht.

Nach einer gefühlten Ewigkeit näherte sich ein Taxi, das vor der Kneipe hielt. Ronny erkannte durch das Fenster Peggys rote Haarpracht sofort und eilte zu ihrer Tür, um sie zu öffnen.

„Welch ein Gentleman!", sagte Peggy und lächelte ihn an.

Er lächelte zurück und nahm ihre Hand, um ihr aus dem Taxi zu helfen. Sie griff nach seiner Hand und lächelte ihn erneut dankbar an.

„Du alter Charmeur. Das muss belohnt werden.", sagte sie.

Sie streckte sich und gab ihm ein Küsschen auf die Wange. Ronny spürte, wie er rot wurde und drehte sich schnell in Richtung der Kneipe.

„Wollen wir?"

Sie hakte sich bei ihm unter und gemeinsam betraten sie die Kneipe. Ronny konnte sofort merken, dass es ein Freitagabend war. Die Theke saß voll und viele der Tische waren belegt. In einer Ecke entdeckte er aber schließlich ein kleines Ecksofa mit einem kleinen runden Fässchen mit Glasplatte als Tisch davor. Er blickte Peggy fragend an, die ihn anstrahlte und nickte.

„Setz dich ruhig schon. Ich geh mir aber nochmal schnell die Nase pudern.", sagte sie lächelnd und ging langsam in Richtung der Toiletten.

Ronny betrachtete sie, während sie von ihm weg ging. Sie trug heute ein kurzes, knallrotes Kleid, ein weißes Spitzenjäckchen darüber und hatte ihr rotes Haar mit einigen weißen Haarnadeln mit Perlen an den Enden hochgesteckt. Kurz darauf hatte sie die Toilette erreicht und die Tür schloss sich hinter ihr. Erst jetzt wurde Ronny bewusst, dass er noch wie ein glotzender Idiot vor dem Ecksofa stand und setzte sich eilig.

Kurz darauf kam Peggy zurück. Nun konnte er sie auch von vorne betrachten. Ihr Lippenstift hatte exakt die gleiche Farbe wie ihr tief ausgeschnittenes Kleid, das von sehr dünnen Trägern über den Schultern gehalten wurde. Ihre grünen Augen strahlten, als sie zum Tisch kam und sich neben ihm auf das Sofa setzte.

„Hier hat sich seit damals nicht viel verändert, was?", fragte sie ihn.

Ronny schüttelte den Kopf.

„Nee. Alles noch wie damals. Aber eigentlich sieht die ganze Straße noch aus wie damals."

Ronny stockte.

„Nur noch ein bisschen dreckiger.", grinste er schließlich.

Peggy erwiderte sein Grinsen und nickte. Plötzlich dröhnte eine laute, unfreundliche Stimme durch die Kneipe zu ihnen.

„Wenn ihr was trinken wollt, dann kommt her und holt euch das. Ich bin Wirt und kein Kellner! Und wenn ihr nix trinken wollt, dann verzieht euch!"

Ronny winkte dem Wirt beruhigend zu.

„Ich komm gleich!", rief er zurück und sah dann zu Peggy.

„Was möchtest du?" – „Erstmal ein Bier, oder?"

Ronny nickte, stand auf und ging zur Theke, um die Getränke zu holen. Nachdem er zwei Bier bestellt hatte, sah der Wirt ihn lange an.

„Sach ma. Dich kenn ich doch. Ist lange her, aber das Gesicht hab ich schon mal öfter gesehen. Biste von hier?"

Ronny nickte.

„Ja, früher hab ich mal hier in der Nähe gewohnt und bin öfter mal hier gewesen."

Der Wirt nickte langsam, dann immer bestimmter.

„Ja, genau. Jetzt weiß ich´s wieder. Du warst der mit dem Aufstiegsbaby! Der am Aufstiegstag die Alte geschwängert hat! Wie heißte nochmal?"

Ronny wäre am liebsten im Boden versunken. Die anderen Männer an der Theke hatten mitgehört und konnten sich offenbar ebenfalls erinnern.

„Ronny, der Bengel heißt Ronny!", sagte einer von ihnen.

Ronny sah ihn an. Das Gesicht hatte er schon einmal gesehen, damals war die Nase aber noch nicht so rot, die Augen hatten viel weniger geplatzte Äderchen und das Gesicht war nicht so aufgedunsen wie heute. Ronny nickte stumm.

„Und das da hinten ist die Alte, oder wie?", fragte ein anderer, der auch an der Theke saß.

Sein Nebenmann antwortete, bevor Ronny es tun konnte.

„Nee, niemals. Guck dir die doch mal an. Das ist ein Rasseweib! Die von damals war hässlich wie die Nacht."

Inzwischen hatte das Gespräch eine ziemliche Lautstärke angenommen, sodass Ronny sicher war, dass Peggy alles mithören konnte. Er schämte sich. Eigentlich wollte er einen guten ersten Eindruck machen und nicht irgendwelche alten Geschichten hochholen. Endlich waren die beiden Getränke fertig und der Wirt schob sie über den Tresen zu ihm hin.

„Erste Runde geht heute aufs Haus. Für den Papa vom Aufstiegsbaby. Vielleicht machste bald noch mal ein Neues, damit wir nicht direkt wieder absteigen."

Er lachte rau und die gesamte Altherrenriege an der Theke tat es ihm gleich, bis einer von ihnen durch einen Hustenanfall gestoppt wurde und schließlich von seinem Hocker fiel. Seine Sitznachbarn halfen ihm schnell wieder auf und Ronny nutzte das entstandene Chaos, um mit den zwei Gläsern zügig zu Peggy zu verschwinden.

„Tut mir leid.", sagte er zerknirscht, „Hast du alles gehört?"

Peggy nickte.

„So ziemlich. Aber was solls. Das sind alte Geschichten.", sagte sie, hob ihr Glas und hielt es in seine Richtung.

„Was zählt, ist doch nur das Jetzt und Hier, oder?"

Ronny nickte. Dann nahm er ebenfalls sein Glas, sah ihr in die Augen und stieß mit ihr an.

„Auf das Jetzt und Hier.", sagte er und beide nahmen einen Schluck, während sie sich weiter in die Augen sahen.

Ronny hätte ewig in diese Augen schauen können. Groß, grün, meistens etwas schelmisch und auf jeden Fall sehr verführerisch. Schließlich konnte er den Blick von ihren Augen lösen. Eine Weile saßen sie schweigend da und nippten an ihren Gläsern.

„Ich hätte nie gedacht, dass ich dich noch einmal wiedersehen würde.", sagte Ronny nach einiger Zeit.

Peggy nickte.

„Stimmt, ich auch nicht. Nachdem ich damals studieren gegangen bin, ist das mit den Leuten von hier alles ziemlich eingeschlafen. Tut mir mittlerweile auch echt leid…"

Ronny schüttelte den Kopf.

„Ist ja nicht deine Schuld. War bei mir ähnlich. Als dann auf einmal das Kind kam und ich dann Ramona geheiratet habe, da war das bei mir eigentlich genauso. Keine Zeit mehr und kein Geld mehr, um so wie früher jeden Abend mit der alten Truppe zu verbringen."

Peggy legte eine Hand auf einen Arm und lächelte ihn an.

„Jetzt sind wir ja doch wieder bei den alten Geschichten angekommen.", sagte sie grinsend.

Ronny nickte grinsend.

„Tja…", sagte er, „Kann man halt nicht vor weglaufen."

Peggy wiegte den Kopf hin und her.

„Stimmt. Aber viel mehr interessiert mich, wie es jetzt gerade bei dir so ist. Mit dieser Frau war es doch vorbei, sagtest du, richtig?" – „Ja genau.", nickte Ronny, „Zum Glück! Da war eigentlich nie was zwischen uns, außer den Kindern." – „Also nicht nur das ‚Aufstiegskind'?"

Ronny seufzte.

„Ja… oder nee. Oh Mann."

Peggy lächelte ihn an.

„Kompliziert?", fragte sie und Ronny nickte erneut.

„Kann man wohl sagen. Der erste, Kevin, der ist von mir. Bei der zweiten, Svenja, steht da jetzt ein Test aus. Waldi behauptet, er wäre der Vater. Kennste den noch? Den Waldi?"

Peggy nickte.

„Ja, der war doch damals ein ziemlicher Nazi, oder?" – „Genau der. Ist er heute auch immer noch." – „Und der hat mit deiner Frau…?" – „Scheint so. Ich kann mir das auch nicht vorstellen. Naja, zumindest ist das jetzt noch nicht so ganz klar. Ich hoffe, sie kann bei mir und Kevin bleiben."

Sein Blick fiel auf ihr leeres Glas.

„Noch eins?", fragte er.

Sie nickte und er ging zur Theke und besorgte noch eine Runde Bier für sie. Als er sich wieder gesetzt hatte, fragte Peggy weiter.

„Und wo ist Ramona jetzt?"

Ronny lachte trocken.

„Im Knast." Peggy blickte ihn mit schockiertem Blick an.

„Wie bitte?", fragte sie.

„Ja, wirklich. Hat die Kinder verprügelt. Nachbarn haben die Polizei gerufen und die haben sie dann mitgenommen. War völlig besoffen. Wie meistens."

Peggy stieß einen Pfiff aus und schüttelte den Kopf.

„Unglaublich. Gut, dass du sie jetzt los bist."

Sie legte erneut eine Hand auf seinen Arm und sah ihm in die Augen. Ronny wurde erneut von ihren grünen Augen eingenommen. Er nahm seine freie Hand und legte sie auf ihre.

„Und du? Wie sieht dein Jetzt und Hier aus?", fragte er sie leise.

Sie schürzte die Lippen.

„Hm... meine Scheidung ist schon eine ganze Weile her. Er war ein anständiger Typ, aber wir wollten verschiedene Dinge. Er wollte eine Frau, die zuhause auf die Kinder aufpasst und den Haushalt macht, während er in der Weltgeschichte herumreist und Kunden besucht. Ich wollte aber selbst arbeiten und nicht mit einem Mann mein Leben verbringen, den ich

173

höchstens zweimal im Monat sehen würde. Eins kam zum anderen und am Ende haben wir uns dann getrennt."

Sie pausierte kurz und nahm einen Schluck Bier aus dem Glas.

„Seitdem hat mich der Job voll eingenommen und ich bin solo geblieben." – „Was machst du eigentlich bei diesem Verlag?", fragte Ronny.

„Ich leite den Einkauf. Deswegen sind wir auch auf eure Druckerei gekommen. Wir haben da ja schon immer gekauft und irgendwann hatte ich die Idee, dass man ja mal durchrechnen könnte, ob man nicht besser gleich die ganze Druckerei kaufen könnte. Dann habe ich mir die Zahlen besorgt und es ausgerechnet, meinem Chef das Ganze vorgelegt und er hat mich dann zusammen mit ein paar Kollegen zu euch geschickt, um das Projekt anzugehen."

Ihre Miene war geschäftig geworden, während sie erzählt hatte. Nun kam ihr strahlendes Lächeln zurück.

„Zum Glück!", sagte sie, „Sonst hätten wir uns nicht wiedergesehen!"

Sie stießen miteinander an und Peggy stand auf, um die nächste Runde zu holen. Als sie zurückkam, hatte sie nicht nur zwei Gläser Bier, sondern auch eine Flasche Tequila und zwei kleine Gläser mitgebracht.

„Zitrone und Salz gibt es leider nicht.", lächelte sie entschuldigend, „Aber der schmeckt uns bestimmt auch so."

Sie goss Tequila in die beiden Gläser und reichte eines davon Ronny.

„Jetzt trinken wir erstmal Brüderschaft auf unser Wiedersehen!", befahl sie und beide mühten sich, die Arme umeinander zu winden, um dann aus dem eigenen Glas trinken zu können.

Bevor er sein Glas ansetzte, suchte Ronny wieder Peggys Blick. Als er ihn schließlich fand, empfand Ronny ihn als äußerst verführerisch. Das hier war ganz sicher nicht nur ein Wiedersehen alter Freunde, sondern ein Date. Ronnys Blick fiel auf Peggys Ausschnitt. Sie saß ihm nun so vorgebeugt gegenüber, dass Ronny sehen konnte, dass sie keinen BH trug.

Plötzlich stieg in ihm ein Gefühl auf, das er schon sehr lange nicht mehr erlebt hatte. Begehren. Seine Gedanken schweiften ab. Er hatte oft von Peggy geträumt. Hatte geträumt, wie er mit ihr all das durchlebte, was er mit Ramona niemals machen wollte. Und nun saß sie in voller Pracht vor ihm. Ramona war Vergangenheit. Die Gegenwart hieß Peggy.

Allmählich kehrten seine Gedanken zurück in die Kneipe, in der er saß. Peggy sah ihn fragend an.

„Hm?", stammelte Ronny.

Peggy lachte.

„Wo habe ich dich denn hergeholt?", fragte sie ihn, „Ich hatte gefragt, ob du dich noch an unsere Kindergartenhochzeit erinnern kannst."

Ronny nickte.

„Na klar! Besonders darauf, dass der Till so eifersüchtig war, dass er mich hinterher verhauen hat.", grinste er und schenkte den letzten Rest aus der Flasche Tequila in ihre Gläser.

Peggy lachte erneut.

„Das hab ich gar nicht gewusst!", sagte sie, „Und, wer hat gewonnen?"

Ronny hob eine Augenbraue und grinste schief.

„Ich natürlich!", antwortete er, „Ich hab dich doch geheiratet. Das war´s wert."

Sie lachte wieder, beugte sich zu ihm rüber und gab ihm noch einen Kuss auf die Wange. Danach legte sie den Kopf auf seine Schulter.

„Oh Ronny, ich bin so froh, dass wir uns wiedergetroffen haben!", flüsterte sie ihm ins Ohr.

Er legte seinen Kopf auf ihren.

„Ich auch.", flüsterte er zurück und küsste sie zärtlich auf ihr Haar.

Sie nahm seine Hand und streichelte sie sanft. Einige Zeit saßen sie so dort. Ronny genoss jede Sekunde. Er war verliebt. Und zwar nicht nur ein bisschen, sondern so sehr wie noch nie zuvor. Niemals hatte er sich so glücklich mit einer Frau gefühlt wie in diesem Augenblick mit Peggy.

Schließlich nahm Peggy ihren Kopf von seiner Schulter, drehte ihr Gesicht zu ihm und küsste ihn. Ronny war etwas überrumpelt. Er hatte ewig nicht mehr jemanden geküsst. Zuerst erwiderte er den Kuss vorsichtig, doch dann immer leidenschaftlicher.

„Nehmt euch ein Zimmer!", schallte es von der Theke herüber, gefolgt vom rauen Lachen des Wirtes.

Sofort löste sich Ronny von Peggy.

„Wollen wir vielleicht nach draußen gehen?", fragte sie ihn und er nickte.

Zügig verließen die beiden unter vielen weiteren hämischen Kommentaren von den Männern an der Theke die Kneipe. Draußen angekommen nahm Peggy Ronnys Hand und zog ihn hinter sich her in einen Hauseingang. Dort stieß sie ihn gegen die Wand und ihre Arme schlangen sich um seinen Hals. Ronny spürte, wie ihre Lippen sich auf seine pressten und sofort begann er wieder damit, sie leidenschaftlich zu küssen. Dieses Gefühl war unbeschreiblich. Seine kühnsten Träume erfüllten sich in diesem Moment. Mehr noch. Dies war noch mehr, als er jemals zu träumen gewagt hatte. Er war glücklich.

# 25

Als Ronny am nächsten Morgen erwachte, war es bereits taghell im Wohnzimmer. Er sah auf sein Handy. Schon nach zehn Uhr. Sein Vater und die Kinder hatten ihn also heute schlafen lassen. Ronny war dankbar dafür.

Er wusste nicht genau, wie spät er nach Hause gekommen war, aber es war sehr spät gewesen. In der Wohnung war es ruhig. Eigentlich zu ruhig, dafür dass hier zwei kleine Kinder lebten. Mit einem Stöhnen setzte sich Ronny auf. Sein Kopf dröhnte und ihm war übel. Er hatte schon sehr lange keinen Kater mehr gehabt. Aber heute war es soweit. Er versuchte, sich an den Abend zu erinnern. Er hatte noch lange mit Peggy in dem Hauseingang gestanden und geknutscht. Oder mehr?

Er konnte sich nicht erinnern, aber er glaubte, dass es dabei geblieben war. Schließlich war Peggy mit einem Taxi nach Hause gefahren und er hatte sich zu Fuß auf den Weg gemacht.

Er blickte auf einen Stuhl, der neben dem Sofa stand. Dort stand eine Flasche Wasser neben einer Kopfschmerztablette und einer Notiz von seinem Vater. Er war mit den Kindern in den Park gegangen zum Fußballspielen und die drei würden erst zum Mittagessen zurückkommen. Ronny musste lächeln. Sein Vater war ein guter Kerl. Ronny liebte seine

Kinder, doch in diesem Moment brauchte er ein wenig Ruhe.

Er nahm die Tablette zusammen mit der halben Flasche Wasser und legte sich wieder auf das Sofa, um zu warten, bis die Tablette wirkte. Kaum eine Viertelstunde später fühlte er sich schon wieder besser. Er ging in die Küche, kochte sich eine Tasse Kaffee und gönnte sich danach eine ausgiebige heiße Dusche.

Als er wenig später vor dem Spiegel stand und sich rasierte, sah er rote Spuren an seinem Hals. Er musste unweigerlich grinsen. Das konnte nur Peggys knallroter Lippenstift sein. Er nahm einen Lappen und versuchte, ihn abzuwischen. Ohne Erfolg. Das war wirklich ein hartnäckiges Zeug.

Er wühlte in ihrem Badezimmerschrank. Dort lagen noch Feuchttücher, mit denen sich die Kinder nach dem letzten Karnevalsfest ihre Schminke aus dem Gesicht gewischt hatten. Die würden ihm sicherlich helfen können. Er versuchte es damit und hatte sofort Erfolg. Nach und nach verschwanden die Spuren des Vorabends von seinem Hals und aus seinem Gesicht.

Er hatte kaum das Bad wieder verlassen, als er die Kinder im Treppenhaus hörte. Er ging zur Wohnungstür und öffnete.

„Papa!", brüllten die beiden Kleinen und sprangen ihm in die Arme.

„Popellen!", rief Svenja-Chantal und sah Ronny mit großen, bettelnden Augen an, doch der schüttelte den Kopf.

„Nee, Svenja, heute nicht."

Aus dem Treppenhaus ertönte ein schnaufendes Lachen. Ronnys Vater kam langsam die letzte Treppe hoch.

„Aber warum denn bloß, mein Junge, fühlst du dich nicht wohl?", fragte er mit einem breiten Grinsen.

Ronny feixte.

„Danke für das Frühstück, Papa.", sagte er dann versöhnlich.

„Nichts zu danken.", antwortete sein Vater, „Ich dachte mir nach unserer Begegnung heute Nacht könntest du das wohl brauchen."

Ronny stutzte.

„Wir sind uns begegnet?", fragte er.

Sein Vater lachte.

„Ja. Du kamst heute Nacht ins Zimmer und hast dich in dein Bett gelegt. Nur eigentlich war das ja schon von mir belegt."

Ronny lächelte beschämt, doch der Blick seines Vaters war nicht vorwurfsvoll, sondern eher erheitert.

„Aber ich hab dich dann ins Wohnzimmer auf dein Sofa gebracht."

Ronny lächelte seinen Vater nun dankbar an.

„Danke, Papa." – „Nicht der Rede wert. War es denn ein schöner Abend?", fragte sein Vater.

„Ja, allerdings. Wunderschön!", antwortete Ronny.

„Wie hieß die Dame noch gleich?", fragte sein Vater weiter.

„Peggy." – „Achja, die von früher, nicht wahr?"

Ronny nickte stumm. Doch sein Vater ließ nicht locker.

„Und? Seht ihr euch wieder?" – „Gute Frage."
Ronny konnte sich nicht daran erinnern, ob sie darüber gesprochen hatten. Aber so wie der Abend gelaufen war, würden sie sich bestimmt bald wiedersehen. Oder nicht?

# 26

Während sein Vater später am Tag die Kinder ins Bett brachte, stieg Ronny wieder einmal auf das Dach des Hauses. Wieder konnte er im Haus gegenüber das junge Paar erkennen, dass wild knutschend auf dem Sofa lag. Beim letzten Mal hatte er bei diesem Anblick noch einen gewissen Neid verspürt. Doch seitdem war viel passiert. Peggy war passiert. Schon der Gedanke an sie machte ihn glücklich. Eigentlich hatte er sie immer geliebt, seit damals, doch im trostlosen täglichen Trott mit Ramona hatte er das verdrängt. Aber heute war es wieder da. Und es fühlte sich an wie früher. Nein, es war noch besser. Denn anders als damals schien Peggy heute seine Gefühle zu erwidern. Sie hatte ihm heute direkt eine eindeutige SMS geschrieben. Ja, sie wollte ihn wiedersehen, schon morgen, und sie wollte definitiv noch mehr. Sie wollte ihn um Zehn abholen, er sollte sich überraschen lassen. Das fiel ihm nicht schwer. Zwar war er neugierig, was sie mit ihm vorhatte, aber er war sich ganz sicher, dass es ihm gefallen würde. Egal, was es war.

Ein lauter Knall riss ihn aus seinen Gedanken. Ging das schon wieder los? Fast jeden Abend zündeten einige Halbstarke im Hof hinter dem Haus Böller. Arschlöcher. Wie oft hatten diese Jungs Ronny schon nachts aus dem Schlaf gerissen? Besonders oft dann, wenn er am nächsten Tag früh raus musste. Ob diese Vollidioten jemals darüber nachgedacht hatten? Wahrscheinlich nicht. Wahrscheinlich waren sie viel zu dämlich, um zu merken, dass sie damit anderen Leuten gehörig auf die Nerven gingen, die ihren Schlaf brauchen konnten.

Er ging zu der Seite des Dachs, von der aus man in den Hof herunterschauen konnte. Außer einer kleinen Rauchfahne war dort nichts mehr zu sehen.

„Verpisst euch!", brüllte Ronny sicherheitshalber, falls sie sich dort irgendwo versteckt hatten und ihn doch noch hören konnten.

Danach ging er wieder ins Haus. Vor der Tür von Dr. Lehmann hielt er an. Er hatte seinen Freund schon lange nicht mehr besucht. Irgendwie war es komisch, seit Ronny wusste, dass Dr. Lehmann wegziehen würde. Wie viele Abende hatte Ronny bei ihm verbracht? Und wie viel hatte er von seinem Freund erfahren und lernen können? Dr. Lehmann konnte immer alles erklären. Schließlich klingelte er.

Wenig später öffnete Dr. Lehmann die Tür.

„Ronny, welch eine freudige Überraschung! Kommen Sie rein. Tee, wie üblich?"

Ronny nickte und ging in das Zimmer, in dem sie immer saßen, während Dr. Lehmann in die Küche schritt. Ronny sah sich um. Viele der Bücher aus den Regalen waren bereits in Pappkartons verpackt, die alle mit „Lesezimmer" beschriftet waren. In einer Ecke stand bereits ein großer Stapel dieser Umzugskisten.

„Ja, es sind schon viele Bücher.", sagte Dr. Lehmann, während er mit dem Tee hereinkam, „Es hat sich über die Jahre doch so einiges angesammelt. Gestern war jemand von der Umzugsfirma hier, der sah nicht besonders begeistert aus. Er hat sich beschwert, dass das unzumutbar viel Arbeit sei. Aber das sei nun einmal sein Job. Die Unzufriedenheit triefte ihm aus allen Poren. Ich finde, wenn man einen Job hat, muss man ihn mögen. Und wenn das nicht geht, muss man ihn so verändern, dass man ihn mag. Und wenn das auch nicht geht, muss man sich eben einen anderen suchen. Love it, change it or leave it."

Ronny nickte halbherzig.

„Nicht jeder hat die Möglichkeit, einen Job zu machen, den er mag. Sehen Sie mich an." – „Aber Sie mögen doch Ihren neuen Job, oder?"

Dieses Mal nickte Ronny energischer.

„Trotzdem haben Sie natürlich Recht.", stimmte Dr. Lehmann ihm zu, „Manchmal lassen die Umstände das nicht so einfach zu. Allerdings würde ich dann fragen, ob denn für die Umstände nicht dasselbe gilt. Sie haben ja vor Kurzem auch einige der Umstände in ihrem Leben geändert und nun geht es Ihnen augenscheinlich viel besser."

Dr. Lehmann unterbrach sich kurz für einen Schluck Tee, bevor er fortfuhr.

„Sehen Sie, Ronny, ich denke, dass sich dieser schöne englische Satz, der Henry Ford zugeschrieben wird, auf beinahe alles anwenden lässt. Hören Sie sich einmal genau an, was bei einer der gängigen Fernsehsendungen gesagt wird, in der sich verschiedene Leute zu Debatten treffen." – „Sie meinen

Talkshows?" – „Exakt. Dort treffen sich Leute aus verschiedenen Bereichen und sollen diskutieren. Aber viel zu oft wird dort nicht diskutiert, sondern nur moniert. Dasselbe gilt für Zeitungen. Auch dort wird viel zu häufig kritisiert statt informiert. Das ist prinzipiell auch nicht schlecht, denn das ist eine der Aufgaben der Medien. Doch die mediale Macht sorgt dafür, dass auch die Konsumenten eben dieser Medien inzwischen hauptsächlich jammern und nicht mehr nach Lösungen suchen oder versuchen, etwas zu verändern. Und genau das ist dann ein Problem. Love it, change it or leave it. Wenn man die Umstände, die man kritisiert, nicht lieben kann, dann muss man sie eben zu ändern versuchen. Jammern allein hilft niemandem weiter. Man muss die Dinge anpacken. Das braucht natürlich Mut, denn Veränderungen sind nie leicht. In der Politik nicht, in der Gesellschaft nicht und im eigenen Leben schon gar nicht. Aber was ist denn die Alternative? Sich damit abfinden, dass man unglücklich wird? Das kann keine Alternative sein. Wir alle haben genau eine Lebensspanne lang Zeit, um glücklich zu werden."

Dr. Lehmann machte eine kurze Pause und sah Ronny eindringlich an.

„Merken Sie sich das, Ronny. Sie haben nur ein Leben. Nutzen Sie es, um glücklich zu werden. Kämpfen Sie für Ihr Glück und Ihre Zufriedenheit, mein Freund!"

# 27

Die Worte von Dr. Lehmann hatten Ronny sehr nachdenklich gemacht. Auch am nächsten Tag dachte er viel darüber nach, was sein Freund gesagt hatte. Erst das Vibrieren seines Handys holte ihn am Abend schließlich wieder in die Gegenwart. Es war Peggy.

Sie stand unten und wartete im Auto auf ihn. Ronny verabschiedete sich von seinem Vater und den Kindern und eilte die Treppen hinab. Als er die Haustür öffnete, sah er davor einen schnittigen, silbernen Sportwagen stehen, aus dem ihm Peggy zuwinkte.

„Huhu Ronny! Steig ein!", rief sie ihm lächelnd zu.

Sobald er im Sitz saß und die Tür geschlossen hatte, ließ Peggy den Motor aufheulen.

„Schnall dich lieber an…", grinste sie und nachdem Ronny den Gurt befestigt hatte, fuhr sie mit quietschenden Reifen und jaulendem Motor los.

„Wo fahren wir denn hin?", fragte Ronny.

„Lass dich überraschen…", antwortete die Rothaarige mit einem kecken Grinsen.

Ronny blickte auf den Tacho. 135 km/h. Innerorts. Peggy schien keine Angst um ihren Führerschein zu haben. Er sah aus dem Fenster. Sie fuhren stadtauswärts und ließen die letzten Häuser bald hinter sich. Schließlich bogen sie von der Landstraße ab in eine Seitenstraße, an deren Ende ein großes Anwesen zu sehen war. Doch bevor sie die gemauerte

Hofeinfahrt durchfuhren, bog Peggy in einen kleinen Feldweg ein, fuhr noch ein Stück weiter und hielt dann schließlich unter einigen Bäumen an. Ronny blickte sie fragend an.

„Komm mit.", sagte Peggy und stieg aus dem Wagen. Ronny stieg ebenfalls aus und folgte ihr zwischen den Bäumen hindurch bis zu der Mauer, die das Anwesen eingrenzte. Ronny wurde langsam skeptisch.

„Wohnst du hier?", fragte er.

„Schön wärs.", antwortete Peggy knapp.

Sie gingen ein Stückchen der Mauer entlang bis zu einer Stelle, an der mitten in der Mauer ein gutes Stück fehlte. Elegant schwang sich Peggy durch das fehlende Mauerstück.

„Komm schon!", rief sie lachend.

Ronny kletterte mühsam durch das Loch in der Mauer. Peggy ging sofort zielstrebig weiter über den riesigen Rasen, der vor ihnen lag.

„Was machen wir hier?", fragte Ronny.

Peggy blieb stehen, legte die Arme um seinen Hals und küsste ihn leidenschaftlich.

„Du fragst zu viel.", sagte sie dann, nahm seine Hand und zog ihn weiter.

Ronny blickte zur Seite. Dort lag das große Anwesen. In vielen der Fenster brannten Lichter. Ronny wurde langsam unbehaglich. Was tat er hier? Wenn man sie erwischen würde, gäbe es gewaltigen Ärger und den konnte er so kurz vor dem Sorgerechtsprozess nicht brauchen. Er hatte sich gerade dazu durchgerungen, zu protestieren, als Peggy schließlich stehen blieb, sich zu ihm umdrehte und ihn erwartungsvoll anblickte.

„Na?"

Seine Augen mussten sich erst an die Dunkelheit gewöhnen. Doch schließlich erkannte er, was vor ihnen lag. Es war ein großer, in den Rasen eingelassener Pool und die aufsteigenden Dampfschwaden verrieten, dass er beheizt war.

„Ich hab… äh… gar keine…", stammelte er.

Peggy lachte nur und drehte ihm ihren Rücken zu.

„Hilf mir mal mit dem Kleid.", bat sie ihn.

Er öffnete den Reißverschluss an ihrem Rücken und der silbrige Stoff rutschte zu Boden. Langsam drehte sie sich zu ihm um. Ronny sah, wie sich die Lichter des Hauses sanft auf ihrer Haut spiegelten. Sie war nackt. Es verschlug ihm fast den Atem. Sie war nicht nur schön. Sie war wunderschön. Umwerfend. Traumhaft. Mehr noch, sie war perfekt. Ihre Hände wanderten zu seinem Hosenbund und er spürte, wie sie den Knopf und den Reißverschluss öffnete, bevor sie schließlich Hose und Boxershort mit beiden Händen sanft herab schob.

Danach zog sie ihm sein Shirt über den Kopf, und warf es zur Seite. Ihre grünen Augen leuchteten durch die Dunkelheit, als ihr Gesicht seinem ganz nah kam und ihm einen Kuss gab. Leidenschaftlich erwiderte er den Kuss. Er spürte, wie ihre Hände seinen Rücken herunter wanderten und sich schließlich auf seinen Po legten. Ihm wurde heiß. Eine solche Leidenschaft hatte er noch nie gefühlt.

Doch plötzlich löste sie sich aus seiner Umarmung, streichelte mit der Hand über seinen Bauch und schob ihn langsam vor sich her. Ronny stöhnte lüstern. Er streckte seine Hand aus und strich zärtlich über ihre Hüften. Auf einmal verlor er das Gleichgewicht und fiel hintenüber. Aber statt eines harten Aufschlags gab es einen lauten Platsch und er fühlte das warme Wasser um sich herum. Prustend tauchte er wieder auf und sah, wie Peggy sich vor Lachen biegend am Rand des Pools stand.

„Ups...", lachte sie.

Ronny holte aus und spritzte sie kräftig nass. Sie schrie still auf.

„Na warte!", rief sie und sprang zu ihm in den Pool.

Nachdem sie sich eine Weile gegenseitig mit dem warmen Wasser bespritzt hatten, schwamm Peggy schließlich zu Ronny hin.

„Und jetzt?", fragte sie ihn.

Er sah tief in ihre grünen Augen. Ihr Blick wirkte erwartungsvoll. Er legte seine Arme auf ihre Schultern und küsste sie. Wieder fühlte er die Leidenschaft in sich aufsteigen. Er zog sie an sich. Sie schlang ihre Beine um seine Hüfte und presste sich an ihn. Ronny konnte kaum glauben, was hier geschah. Er wollte Peggy, das hatte er schon immer gewusst. Und nun wollte sie ihn auch. Es war perfekt.

Einige Stunden später saßen die beiden am Tisch eines Restaurants. Es war nicht leicht gewesen, etwas zu finden, was um diese Uhrzeit noch geöffnet war.

Schließlich hatte Peggy die Idee, auf die Autobahn und dort zur nächsten Raststätte zu fahren.

Dort saßen sie nun einander gegenüber und lächelten sich an. Zwischen ihnen standen noch die Reste ihres üppigen Mahls aus Burgern und Pommes, doch ihre Hände lagen direkt daneben und waren ineinander verschränkt. Ronny war völlig liebestrunken.

Nachdem sie sich einige Male im Pool geliebt hatten, waren sie zurück zum Auto gelaufen und hatten dort erneut miteinander geschlafen. Für ihn war das ein völlig neues Gefühl.

An den Sex mit Ramona konnte er sich nicht erinnern – und er war sehr dankbar dafür. Aber mit Peggy war es etwas völlig anderes. Er liebte sie. Nie zuvor hatte er etwas Vergleichbares gefühlt. Schließlich sah er, wie Peggy auf die Uhr sah.

„In sechs Stunden müssen wir schon wieder in der Druckerei sein.", sagte sie mit traurigem Blick.

Ronny seufzte tief und nickte.

„Sag mal, Ronny, würde es dir etwas ausmachen, wenn das hier noch eine Weile unter uns bleibt?", fragte Peggy ihn mit flehendem Blick.

„Warum?", fragte er ohne großes Nachdenken.

„Wegen der Druckerei und dem Verkauf. Ich möchte nicht, dass da irgendwas geredet wird, was dann Probleme macht.", antwortete sie, „Aber das hat nichts mit dir zu tun, Ronny. Wirklich nicht. Der Abend heute ist wunderschön. Ich mag dich sehr. Und ich würde das gerne wiederholen. Wenn du das auch willst…"

Ronny nickte eifrig.

„Na klar, Peggy. Ich... ich mag dich auch sehr. Und ich will dich unbedingt wieder treffen."

Sie sah ihn an. Ihr Blick wirkte erleichtert.

„Das freut mich, Ronny. Du machst mich glücklich. Wir treffen uns einfach immer abends. Und in der Druckerei gehen wir uns dann erstmal aus dem Weg, okay?"

Er nickte. Das sollte kein Problem werden, wenn er einfach an seinem Arbeitsplatz blieb. Eine Weile sagte keiner von ihnen ein Wort. Ronny dachte über die Druckerei nach.

„Wie läuft das eigentlich mit dem Verkauf?", fragte er schließlich.

„Schleppend.", antwortete Peggy.

„Wieso?" – „Du weißt ja, ich soll mich über Zepter informieren und dann am Ende eine gründliche Analyse für meinen Chef machen. Die Frage ist ja, ob es sich für uns lohnen würde. Aber dafür brauche ich viele Informationen. Und der alte Zepter will nicht gerne verkaufen, deswegen geben sie uns kaum relevante Informationen." – „Warum seid ihr denn überhaupt da, wenn er nicht verkaufen will?" – „Der Alte ist krank. Und sein Sohn, der den Laden in ein paar Jahren übernehmen soll, will verkaufen. Spätestens in zehn Jahren würden die sowieso dicht machen. Und der Alte weiß selbst, dass er nichts machen kann, weil der Junge die Druckerei sowieso irgendwann erben wird. Und wer weiß, wann sie noch einmal ein Kaufangebot bekommen? Aber bisher können wir noch gar kein Angebot abgeben. Wir wissen zu wenig. Wir haben zum Beispiel keine Ahnung, in welchem Zustand die

Maschinen sind. Der alte Zepter sagt immer nur, dass sie alle in Ordnung wären und erlaubt uns nicht, mal mit einem Fachmann zu kommen und das zu überprüfen."

Peggy seufzte und blickte aus dem Fenster. Dann nahm sie Ronnys Hand und sah ihn mit großen grünen Augen an.

„Könntest du nicht mal deine Kollegen an den Maschinen fragen? Die wissen das vermutlich am besten. Das wäre mir eine sehr große Hilfe für mich." – „Aber klar, kein Problem. Das mach ich morgen sofort. Wenn ich dir damit helfen kann.", gab Ronny zurück.

Peggy gab ihm einen Kuss.

„Danke, Ronny. Je eher ich die nötigen Informationen habe und die Analyse machen kann, desto schneller bin ich bei Zepter wieder raus und dann können wir endlich unsere Liebe offen zeigen."

# 28

Als Ronny am nächsten Morgen bei Zepter ankam, lief ihm Denis über den Weg.

„Na, Alter? Alles klar? Geiles Wochenende gehabt?", fragte er Ronny.

Dieser nickte.

„Alles gut, ja. Und du?" – „Und wie, Mann! Freitagabend war ich in so 'nem Club von 'nem Cousin. Voll geil. Musst du unbedingt mal mit hin! Ganze Nacht durchgefeiert, Samstag dann gepennt und abends wieder in den Club, bis Sonntagmorgen durchgefeiert, Sonntag gepennt und jetzt halt wieder hier. Geiles Wochenende!"

Ronny nickte grinsend, aber im Inneren schüttelte er den Kopf. Das waren Wochenenden, die nur Leute ohne Kinder erlebten.

„Kommste heute Nachmittag mit?", fragte Denis.

Ronny blickte ihn fragend an.

„Wohin?" – „Na heute ist doch diese komische Nazidemo mit Gegendemo und so. Zepter gibt uns frei, wenn wir da gegen die Nazis mitmachen. Bisschen Demo, Bier, Rumgrölen, dies, das. Als Arbeitszeit!"

Ronny überlegte. Er hatte davon gehört. Seit einigen Monaten trafen sich Montagabends immer diverse Rechte, um gegen Ausländer zu demonstrieren. Wie hieß das noch? Irgendwas mit patriotischen Europäern gegen Islam oder so ähnlich. Ronnys Nachbarn aus dem obersten Stock gingen jede Woche hin. Ronny hielt diese Bewegung für ausgemachten Schwachsinn, aber er wäre nie auf die Idee gekommen, dagegen zu demonstrieren. Ihm fielen die Worte von Dr. Lehmann ein. ‚Change it'. Vielleicht wäre dies eine gute Gelegenheit, etwas zu tun. Besonders wenn er es als Arbeitszeit bezahlt kriegen würde.

„Klar komm ich mit. Wie kommen wir denn da hin?", fragte er Denis.

„Mit Bussen!", antwortete dieser, „Zepter stellt Busse für die Fahrt von der Firma bis zur Demo. Nur nach Hause musste von da selber kommen."

Ronny nickte beifällig. Zepter war wirklich ein ganz besonderer Arbeitgeber. Ihm fiel ein, was Peggy gesagt hatte. In ein paar Jahren würde Zepter pleitegehen, wenn sie nicht verkauften. Ronny wollte nicht, dass Zepter pleiteging. Er wollte auf Dauer hier arbeiten! Und er wollte auch, dass Denis und seine Kollegen ihren Platz hier behalten konnten. Wenn er Peggy dabei helfen könnte, wäre das für alle ein Gewinn. Er beschloss, mit Denis zu beginnen.

„Sag mal, die Maschinen hier, sind die eigentlich gut?" Denis hob die Augenbrauen.

„Häh?" – „Die Druckerpressen und so. Sind die alle gut in Schuss?" – „Keine Ahnung, Alter. Mir doch egal!", lachte Denis, „Wieso willste das wissen?" – „Nur so." – „Ich hab keinen Schimmer, Mann. Frag mal den Günther, der macht Instanthaltung. Der wird's wissen." Ronny nickte. Er wusste, wen Denis meinte. Günther war ein gutmütiger Kerl mit einer gewaltigen Glatze und einem noch gewaltigeren Bauch. Zufrieden machte Ronny sich auf den Weg zu seinem Arbeitsplatz. Dort lud er seinen Wagen voll und fuhr direkt zu Günther. Auch dieser sah ihn verwundert an, als er nach den Maschinen fragte.

„Wieso?", fragte Günther ihn.

„Interessiert mich halt.", antwortete Ronny, „Ich wollte früher mal ´ne Ausbildung zum Mechaniker machen, ist bloß leider nix raus geworden."

Günther nickte.

„Achso.", sagte er, „Du willst also hier demnächst noch ´ne Ausbildung anfangen? Na das ist natürlich was Anderes. Tja… die Maschinen hier. Also die Maschinen zum Schneiden, für den Falz und zum Binden, die sind alle noch gut in Schuss. Schon etwas älter, aber noch gut in Schuss. Aber die Druckmaschinen selber, da sieht´s nicht so gut aus. Die sind damals alle auf einen Schlag gekauft worden und, ich sag dir, die müssen spätestens nächstes Jahr alle ausgetauscht werden. Zum einen sind viele davon schon ziemlich kaputt und zum anderen sind die alle schon zu alt. Der Alte hat letztes Jahr schonmal Leute kommen lassen, die ihm dann ein Angebot für ´ne Kombimaschine angeboten haben. So ein richtig modernes Ding." – „Und was wurde daraus?" – „Naja, du siehst ja selbst, bisher stehen hier noch die alten Dinger. Keine Ahnung, ob die ausgetauscht werden sollen. Vielleicht hat das ja auch irgendwas mit diesen Leuten zu tun, die hier im Moment immer rumrennen. Man munkelt ja, die wollten die Druckerei kaufen. Ich glaub kaum, dass der Alte nochmal zig Millionen in neue Maschinen investiert, bevor verkauft wird."

Ronny nickte.

„Nee, klingt nicht sinnvoll." – „Aber das ist ja halb so wichtig. Wie war das jetzt mit der Ausbildung?"

Ronny zögerte. Eigentlich hatte Günther ihn da bloß falsch verstanden. Er hatte nicht vor, noch einmal eine Ausbildung anzufangen. Allein schon, weil er das Geld, das er jetzt verdiente, brauchte, um über die Runden zu kommen.

„Muss ich mal gucken. Ich hab ja noch nichts gelernt und man will ja nicht ewig ungelernte Aushilfe bleiben.", antwortete er schließlich.

Günther nickte.

„Das stimmt wohl. Überleg dir das, du bist ja noch nicht so alt, da ist es dafür nicht zu spät!"

Ronny nickte wieder, bedankte sich bei Günther und setzte seine Fahrt fort. Diese Informationen konnten Peggy ganz sicher helfen.


Am Nachmittag bestieg er zusammen mit fast allen Kollegen die Busse, die sie zur Gegendemo bringen sollten. Ronny war gespannt. Er war noch nie auf einer Demonstration gewesen. Gerade von diesen Nazidemos und ihren Gegendemos hatte er aber schon viel gehört. Es sollte da häufig Schlägereien zwischen einigen Extremisten von rechts und links geben.

„Warst du schon mal bei ´ner Demo?", fragte er Denis.

„Ja, Mann, klar. Jedes Mal, wenn die Nazis hier Demo machen, bin ich bei der Gegendemo. Scheiß Nazis!" –

„Und, gab´s da schon mal ´ne Schlägerei?" – „Klar, Alter."

Das hörte Ronny gar nicht gerne. Er war überhaupt nicht versessen auf Prügel. Ronny beschloss, weiter nachzufragen.

„Und du warst mit dabei?" – „Ja sicher. Immer schön Nazis auf die Fresse hauen!" – „Hast du auch schon einen draufgekriegt?" – „Ja klar!" – „Schlimm?" – „Hm... naja geht." – „Wo hast du denn einen abbekommen?" – „Ja... weißt du, Mann. So ganz konkret hab ich noch nie einen abbekommen."

Ronny wurde langsam skeptisch. Ob sein Kumpel Denis sich wirklich schon geprügelt hatte?

„Du hast dich noch nie geprügelt, oder?"

Denis sah ihn jetzt nicht mehr an, sondern schaute aus dem Busfenster.

„Nee.", sagte er schließlich leise, „Aber wenn ich jemals einen Nazi vor die Faust kriege, dann kriegt er so richtig eine!"

Ronny grinste breit. Denis war ein ziemlicher Pantoffelheld. Große Klappe, nichts dahinter. Er würde sich einfach an Denis halten. Der hatte viel zu große Angst, um in der Nähe einer Schlägerei unterwegs zu sein. Wenn Ronny also bei ihm blieb, würde ihm nichts passieren.

Kurz darauf hielten die Busse an einem großen Platz und die Zepter-Mitarbeiter stiegen aus. Draußen waren bereits jede Menge Menschen mit Plakaten unterwegs – und vor allem mit Musikinstrumenten. Das fiel Ronny sofort auf. Es herrschte ein gewaltiger Krach. Viele Leute trugen bunte Fahnen und bunte Kleidung. Dadurch fielen die vielen Polizisten in ihrer dunklen Kampfmontur besonders auf. Ronny hatte schon aus dem Bus heraus versucht, die Polizeibullis zu zählen, aber er hatte bei vierzig aufgehört, weil es kein Ende nehmen wollte.

Einige Kollegen entrollten mitgebrachte Transparente. ‚Zepter – wir drucken bunt' stand darauf. Ronny schmunzelte. Ein schönes Wortspiel. Gemeinsam mit den Kollegen betrat er den abgesperrten Platz. Ronny schaute sich um.

Unter den vielen Leuten waren sehr unterschiedliche Menschen zu finden. Menschen verschiedenen Alters und verschiedener Nationalitäten hatten sich hier versammelt. Von der jungen Mutter mit selbstgestricktem Wollpulli und verfilzten Haaren über stark geschminkte, kichernde Teenager bis hin zu älteren, schmerbäuchigen Herren in feinen Anzügen und grauhaarigen Rentnerpärchen mit ihren Rollatoren war hier alles vertreten. Langsam ebbte der Lärm ab. Auf der Bühne am anderen Ende des Platzes tat sich etwas. Ein junger Mann mit einer Warnweste begrüßte alle Anwesenden und las von einem Zettel lauter Regeln ab. Danach erklärte er die geplante Route der Demonstration und gab dann schließlich unter dem Jubel der Menge das Kommando, loszulaufen.

Schlagartig nahm der gellende Lärm wieder zu. Parolen wurden skandiert und langsam setzte sich die Menge in Bewegung. Allmählich wurde Ronny von der Stimmung mitgerissen und schon kurz darauf brüllte er mit den anderen aus tiefstem Herzen.

„Braun ist scheiße – wir sind bunt.", schrie er.

Immer wieder kam der Zug aus Menschen zum Stehen. Ronny und seine Kollegen gehörten eher zum hinteren Drittel und deshalb konnte er nicht sehen, was der Grund dafür war. Irgendwann standen sie seit einer halben Stunde auf der Stelle, ohne dass sich etwas bewegte. Ronny erkannte die Gebäude in der Nähe. Sie waren irgendwo auf dem Weg zwischen Gerdas Pommesbude und Ronnys Zuhause.

Nach einer Stunde sprach sich langsam rum, warum der Zug zum Stehen gekommen war. Die vorderen Demonstranten hatten auf einer großen Kreuzung eine Sitzblockade errichtet, um den Weg für die Nazidemo zu versperren. Nachdem die Polizei wohl nur halbherzig versucht hatte, die Blockade zu räumen, hatte die Polizei die Nazidemo schließlich aufgelöst. Die Gegendemo hatte also Erfolg gehabt. Jubel brandete auf. Besonders Denis wirkte euphorisiert.

„Mega geil, Alter! Scheiß Nazis können jetzt zuhause demonstrieren!"

Ronny nickte begeistert.

„Und was machen wir jetzt?", fragte Denis.

„Ich wohne hier ganz in der Nähe, wir könnten noch auf ein Bier zu mir gehen.", schlug Ronny vor und Denis stimmte zu.

Noch immer euphorisiert gingen sie laut schwatzend durch die Straßen zu Ronnys Haus. Immer wieder skandierten sie die Schlachtrufe der Demo. Als sie nur noch eine Querstraße entfernt waren und gerade ‚Braun ist scheiße – wir sind bunt' riefen, erkannte Ronny vor ihnen seine zwei Nachbarn. Die Nazis aus dem obersten Stock.

„Psst!", sagte er zu Denis, doch der verstand nicht und rief umso lauter.

„Wir wollen keine – braunen Nazischweine!", brüllte Denis.

Ronny sah mit wachsender Panik, wie seine zwei Nachbarn sich umdrehten und im Gleichschritt auf Denis und ihn zu marschierten.

„Klappe, Denis!", versuchte Ronny, die Situation zu retten, doch es war zu spät. Die beiden standen vor ihnen. Nun hielt auch Denis endlich den Mund.

„Was treibst du dich denn mit so Kanacken rum?", fragte eine der Glatzen Ronny. „Ich… äh… wir arbeiten zusammen.", stammelte Ronny.

„Natürlich", schnaubte die zweite Glatze, „dieser Kameltreiber hat einen Job und anständige Deutsche wie wir nicht. Kommen hier her, nehmen uns die Arbeitsplätze weg und leben wie die Made im Speck."

Die erste Glatze hatte inzwischen Denis am Kragen gepackt und drückte ihn an die nächste Hauswand.

„Du fickst wahrscheinlich noch ein deutsches Mädchen, wa?", fragte er Denis.

Ronny wurde immer panischer. Was sollte er bloß tun? Er wusste, wozu die beiden imstande waren. Oft genug hatte er gesehen, wie sie nach Schlägereien blutig durch den Flur gestampft waren.

„Jungs... hört mal...", stammelte Ronny, „Lasst uns doch einfach weitergehen und dann ist gut. Ich... ich geb euch auch ein Bier aus oder so."

Die Glatzen lachten.

„Klar. Kein Problem. Du gehst einfach weiter. Geh nach Hause zu deinen Kindern. Aber dein Kumpel, der bleibt noch ein bisschen mit uns hier. Wir müssen ihn noch überzeugen, dass er zurück in sein Ziegenfickerland geht und nicht länger wie ein Parasit unser schönes Vaterland aussaugt."

Verzweifelt suchte Ronny nach einem Ausweg.

„Leute, bitte. Er ist nicht so einer. Er ist anständig, wirklich.", sagte er mit sich überschlagender Stimme.

Die zweite Glatze kam auf Ronny zu und packte ihn am Kragen.

„Du gehst jetzt. Und du hältst deine Schnauze. Sonst sind deine Kinder fällig!", presste er hervor.

Danach gab er Ronny einen kräftigen Stoß. Dieser fiel der Länge nach hin. Während er sich aufrappelte, warf er Denis einen Blick zu. Dieser sah ihn mit großen Augen flehend an. Glatze Nummer zwei nahm Ronny nun in den Schwitzkasten.

„Hast du noch nicht genug?", fragte er.

Dabei zog er Ronny um die nächste Straßenecke und gab ihm dann erneut einen Stoß, sodass er wieder hinfiel. Dieses Mal schlug Ronny dabei mit dem Kopf auf die Erde und als er nachfühlen wollte, spürte er eine warme Flüssigkeit über seine Finger laufen – es war sein Blut. Die Glatze packte sein Gesicht und sah ihm direkt in die Augen.

„Und jetzt verpiss dich. Wenn du auch nur einen Blick um die Ecke wirfst, prügel ich dich windelweich. Und dann deinen alten Sack von Vater! Und danach sind deine Kinder dran!"

Er stieß Ronny erneut zu Boden und ging dann um die Ecke, hinter der die zweite Glatze und Denis noch stehen mussten. Ronny wusste nicht, was er tun sollte. Eigentlich musste er Denis helfen. Aber was würden die zwei Nazis dann mit Kevin und Svenja anstellen? Sein Vater würde die beiden nicht beschützen können und Ronny war nur abends daheim. Denis oder die Kinder? Er sah, wie Blut auf seinen Blaumann tropfte. Er spürte, wie seine Augen feucht wurden. Diese Nazis würden auch vor seinen Kindern nicht Halt machen. Ronny war ihr Vater und er musste seine Kinder schützen. Um jeden Preis. Langsam erhob er sich und schlich mit hängendem Kopf und Tränen in den Augen nach Hause.

# 29

Zuerst war Ronny in seiner Wohnung ins Bad gegangen und hatte sich das Blut abgewischt, um die Kinder nicht zu erschrecken. Als er danach aus dem Bad gekommen war, hatten die Kinder ihn sofort in den Arm genommen. Soweit Ronny sich erinnern konnte, hatten die beiden ihren Vater noch nie weinen sehen. Schließlich hatte er sie wieder zum Spielen geschickt und war seinem besorgt aussehenden Vater in die Küche gefolgt.

„Was ist denn passiert?", fragte sein Vater, nachdem er die Küchentür hinter sich geschlossen hatte.

Wieder stiegen Ronny Tränen in die Augen.

„Große Scheiße. Ich hab Mist gebaut. Riesenmist.", antwortete er und schnäuzte sich.

Sein Vater ließ nicht locker.

„Was für eine Art von Riesenmist, mein Junge?" – „Ich habe Denis im Stich gelassen. Die Nazis von oben waren plötzlich auf der Straße. Und dann haben sie Denis, meinen Kollegen, gepackt und mich weggeschubst. Sie haben gesagt, wenn ich nicht abhaue, dann tun sie den Kleinen was an."

Der Blick seines Vaters wurde schockiert.

„Und dann bist du abgehauen? Und was ist mit deinem Kollegen?"

Ronny zuckte mit den Schultern und blickte schuldbewusst aus dem Fenster. Er hatte wirklich riesigen Bockmist gebaut. Aber was hätte er tun sollen?

Egal was. Aber irgendwas. Plötzlich sprang er auf und wühlte sein Handy aus der Hosentasche. Er rief Denis an. Mailbox. Noch ein Versuch. Wieder Mailbox. Scheiße. Er musste verdammt nochmal irgendetwas tun. Er wählte den Notruf. Nannte ihnen die Straße. Sagte, dass dort gerade ein Türke von zwei Nazis angegriffen wurde. Legte dann auf. Und sank wieder auf seinen Stuhl.

„Das hätte ich einfach sofort tun sollen. Verdammte Scheiße. Ich Idiot.", flüsterte er.

Sein Vater trat hinter ihn und legte ihm eine Hand auf die Schulter.

„Ja", sagte er leise, „hättest du. Aber besser spät als nie, oder?"

Ronny antwortete nicht. Was mochten die zwei Glatzen wohl mit Denis angestellt haben? Wahrscheinlich waren sie von der Nazidemo gekommen und frustriert, weil sie aufgelöst worden war. Und dann waren Denis und er ihnen genau passend über den Weg gelaufen. Und sie hatten auch noch diese Parolen gegrölt. Ein gefundenes Fressen für zwei frustrierte Nazis. Viel lauter hätten sie nicht um Prügel betteln können. Ob sie Denis nur einschüchtern wollten? Ronny glaubte nicht daran. Die beiden waren eindeutig auf Prügel aus gewesen.

Er hörte Martinshorn auf der Straße unten, sprang auf und blickte aus dem Fenster. Ein Polizeiwagen rauschte in Richtung des Ortes, an dem er Denis zurückgelassen hatte. Kurz darauf hörte er, wie die zwei Glatzen lachend durch den Flur stapften. Sie schlugen mit den Fäusten gegen Ronnys Wohnungstür.

„Denk dran, Ronny, Schnauze halten!", brüllte der eine, „Und such dir vernünftige Freunde."

Der andere lachte, dann konnte Ronny hören, wie sie sich über die Treppen nach oben entfernten. Die beiden Kinder kamen in die Küche gelaufen.

„Papa, wer war das?", fragte Kevin-Ricardo.

Er sah völlig verängstigt aus und umklammerte sofort seinen Vater, während Svenja-Chantal zu ihrem Opa lief und auf seinen Schoß hüpfte. Ronnys Vater übernahm das Antworten.

„Böse Männer. Die zwei von oben. Die mit den Glatzen. Das sind böse Männer. Wenn die euch mal auf der Straße ansprechen, dann schreit laut und lauft weg, habt ihr mich verstanden? Mit denen dürft ihr nicht reden!", schärfte er ihnen ein.

Die beiden nickten. Draußen war wieder Martinshorn zu hören. Aus dem Fenster konnte Ronny einen Krankenwagen und einen Notarzt vorbeirasen sehen. Er drückte Kevin an sich. Wie hatte er nur so ein Feigling sein können? Wer wusste, was mit Denis geschehen war? Nichts Gutes, das hatte er schon vorher gewusst. Und der Notarzt ließ Schlimmes erahnen. Ronny hielt es nicht mehr aus. Er musste hier raus.

Kurzerhand rief er seinem Vater und den Kindern einen Abschiedsgruß zu und lief aus dem Wohnung, durch das Treppenhaus nach unten, aus dem Haus und der

Straße entlang zu der Ecke, hinter der er und Denis auf die Glatzen getroffen waren.

Als er um die Ecke bog, bremste er abrupt. Vor sich sah er eine Menschenmenge, die von einigen Polizisten zurückgehalten wurde. Hier stand nicht nur der eine Polizeiwagen, den Ronny aus dem Fenster gesehen hatte, sondern insgesamt fünf. Der Krankenwagen stand direkt daneben. Ronny ging langsam auf die Menge zu und versuchte, einen Blick auf das Geschehen zu erhaschen. Die Trage wurde gerade in den Krankenwagen geschoben und die Türen des Krankenwagens wurden verschlossen. Durch die Scheiben konnte man sehen, wie einige Personen dort drinnen hin und her eilten. Da es nun nichts mehr zu sehen gab, zerstreuten sich die Gaffer langsam und gaben den Blick auf die Hauswand frei. Sie war voller Blut. Auch auf dem Boden war eine große Blutlache. Ronny wurde schwindlig und er musste sich am neben ihm stehenden Polizeiauto festhalten.

„Alles in Ordnung?", fragte einer der Polizisten.

„Scheiße, nein. Ich… wie geht es dem Mann?" – „Der hat ganz schön was abbekommen. Sieht nicht gut aus." Ronny atmete tief durch.

„Er… ist mein Arbeitskollege. Wir… Ich… Wir waren zusammen hier unterwegs, bevor er…", stammelte Ronny stockend.

Der Blick des Polizisten wurde prüfend. „Dann haben Sie eine Ahnung, was hier passiert ist?"

Er rief einen Kollegen herbei und zog dann einen Notizblock und einen Stift aus seiner Brusttasche.

Zuerst notierte er sich Ronnys Namen, dann sah er ihn fragend an. Ronny spürte, wie ihm schon wieder Tränen in die Augen stiegen. Er schämte sich. Nicht wegen der Tränen, sondern wegen Denis. Weil er ihn im Stich gelassen hatte.

„Also, was ist hier passiert?", fragte der Beamte Ronny. Der Gefragte ließ den Kopf hängen.

„Denis und ich, wir waren auf dem Rückweg von der Antinazidemo. Und dann standen hier auf einmal zwei Nazis. Der eine hat mich geschubst und dann hat er mich gepackt und da hinten um die Ecke gezogen. Der andere ist mit Denis hiergeblieben.", berichtete Ronny.

„Und was ist dann passiert?", fragte der Beamte.

„Der eine hat mir gesagt, dass ich abhauen soll. Und dass er meinen Kindern was tut, wenn ich nicht die Schnauze halte." – „Moment!", unterbrach ihn der Polizist, „Der Mann kannte Sie also? Sie ihn auch?"

Ronny nickte langsam.

„Die beiden wohnen bei mir im Haus. Das ist hier direkt um die Ecke. Aber bitte, halten Sie mich daraus. Meine Kinder… ich wollte sie doch nur beschützen."

Der Beamte fragte Ronny nach den Namen der beiden. Dann flüsterte er kurz mit seinem Kollegen, der daraufhin zusammen mit einigen anderen in drei der Streifenwagen davonfuhr. Dann wandte sich der Polizist wieder Ronny zu und verzog den Mund zu einem Strich.

„Das kann ich Ihnen nicht versprechen. Hier ist ein schweres Gewaltverbrechen verübt worden. Aber wir werden Sie und Ihre Kinder beschützen. Allerdings sieht es für ihren Freund nicht gut aus." – „Wird er… wird er es überleben?"

Der Beamte wog den Kopf hin und her.

„Die Kopfverletzung ist schwer, aber die wird er überstehen. Schlimmer sind eher die Verletzungen im Bauch- und Brustbereich. Der Notarzt sagte, ob er durchkommt, liegt vor allem daran, wie viel die inneren Organe abbekommen haben. Hoffen wir das Beste."

Ronny nickte.

„Aber auch für Sie ist die Sache noch nicht vorbei. Die Kollegen sind gerade auf dem Weg zu ihrem Haus, um die beiden Verdächtigen zu verhaften. Wenn es sich so abgespielt hat, wie Sie sagen, dann wird es auf jeden Fall einen Prozess geben. Und da wird dann auch Ihre Rolle in der ganzen Geschichte noch geklärt werden müssen. Immerhin haben Sie uns nicht sofort verständigt. Ob es sich dabei um unterlassene Hilfeleistung handelt, muss dann im Prozess geklärt werden. Jetzt wäre ich Ihnen dankbar, wenn Sie direkt mitkommen und Ihre Aussage zu Protokoll geben könnten."

Schicksalsergeben nickte Ronny. Unterlassene Hilfeleistung. Ja, das hatte er verdient. Er war ein Feigling. Und Denis musste jetzt für seine Feigheit büßen.

# 30

Später am Abend saß Ronny bei Dr. Lehmann auf dem Sofa und berichtete ihm von den Ereignissen des Tages. Auf dem Polizeirevier hatte er erfahren, dass die inneren Verletzungen für Denis nicht so schwerwiegend waren. Seine Kopfverletzung war zwar ernst, aber nicht lebensbedrohlich und darüber hinaus hatte er noch eine Menge gebrochene Knochen davongetragen. Aber er war außer Lebensgefahr.

Ronny schämte sich zwar weiterhin, aber er war auch erleichtert. Außerdem tat ihm das Gespräch mit seinem Freund gut, denn er hatte nicht das Gefühl, dass Dr. Lehmann ihn für das, was er getan oder nicht getan hatte, verurteilte. Im Gegenteil, während Ronny erzählte, nickte Dr. Lehmann immer wieder.

„Ronny, Sie wissen selbst, dass Sie nicht zum richtigen Zeitpunkt das Richtige getan haben. Aber Sie haben später das Richtige getan, weil Ihnen bewusst war, was das Richtige ist. Das ist das Entscheidende. Sie hatten bloß Angst. Das ist völlig normal. Das wird auch der Grund sein, warum die beiden Ihren Freund überhaupt verprügelt haben." – „Aus Angst?", fragte Ronny ungläubig.

Sein Gegenüber nickte.

„Vermutlich schon. Angst ist eine der Hauptantriebsfedern des Menschen. Sie sagten, Sie wären vorher auf einer Demonstration gewesen. Dort wurde gegen Rechte demonstriert. Das ist auch gut und richtig. Aber die Frage ist, warum erleben wir in unserer Zeit so einen starken Ruck nach rechts? Warum haben rechte Parteien zum ersten Mal seit den Zeiten der NSDAP wieder so großen Zulauf in Deutschland? Ich denke, der Grund ist Angst. Angst und Unzufriedenheit, wobei sich auch das wieder gegenseitig bedingt. Viele Menschen haben heutzutage Angst davor, dass sich unser Land durch Menschen, die zu uns kommen, verändert. Dass diese Menschen durch ihre Lebensweise, ihre Kultur, ihre Ideen, ihr Denken und ihre Unterschiedlichkeit unser Land verändern. Selbstverständlich wird das auch der Fall sein. Aber die Frage ist doch, ob man davor Angst haben muss. Ich denke nicht. Länder verändern sich immer. Jeder, der den Mauerfall und die Wiedervereinigung erlebt hat, kann sich noch an die letzte, sehr große Veränderung erinnern. Natürlich ist das inzwischen einige Jahrzehnte her, in denen sich vergleichsweise wenig in unserem Land verändert hat. Trotzdem ist das ein normaler Prozess."

„Und trotzdem haben viele Menschen Angst vor dieser Veränderung?", fragte Ronny.

„Exakt. Das ist auch wenig verwunderlich, denn man kann nie sagen, wie diese Veränderungen genau aussehen werden. Einige Leute haben Angst, dass diese Veränderungen sie vor existenzielle Probleme stellen. Verlust des Arbeitsplatzes und damit des Lebensunterhaltes zum Beispiel. Wer eine Familie ernähren muss, für den ist der Verlust des eigenen

Einkommens sicherlich eines der schlimmsten Dinge, die passieren könnten. Oder betrachten Sie die Leute, die schon heute keinen Arbeitsplatz finden können. Einige von denen sorgen sich, dass es für sie noch schwerer wird, wenn unsere Bevölkerung noch größer wird. Und wer weiß? Das ist zwar äußerst unwahrscheinlich, aber völlig unmöglich ist es nicht."

„Das heißt, Sie haben auch Angst davor?", unterbrach Ronny ihn.

„Nein, kein bisschen. Ich bin mir sicher, dass es Veränderungen geben wird. Aber ich bin mir auch sicher, dass wir als Gesellschaft lernen werden, diese Veränderungen für uns zu nutzen. Natürlich gibt es Risiken. Auch die Menschen, die zu uns geflüchtet sind, haben Ängste. Und einige wenige von ihnen werden von ihren Ängsten zu Dingen getrieben, die für uns schlimm werden können. Das Risiko eines islamistisch motivierten Terroranschlags ist heute natürlich größer als in den 20gern, als es in Deutschland noch so gut wie keine Muslime gab. Dafür ist heute die Gefahr von linksextremistischem Terror viel geringer als in den 60gern, weil im Gegensatz zu damals heute kaum noch jemand Angst vor faschistoiden Tendenzen des Staates hat. Deshalb ist die linke Szene heute in Deutschland viel weniger extremistisch als damals. Die Ängste sind andere als damals. Und deshalb ist auch die Richtung, in die sich heute die Menschen extremisieren, eine andere. Damals war die Angst vor dem Staat besonders groß und die daraus resultierende Aggressivität wandte sich gegen den Angstauslöser, nämlich den Staat.

Heute haben einige Leute Angst vor Fremden und deshalb richtet sich ihre aus der Angst resultierende Aggressivität gegen die Fremden. Und damals wie heute gibt es dagegen nur ein Mittel. Man muss den verängstigten Menschen ihre Ängste und Sorgen nehmen."

Ronny hatte bedächtig genickt und sich wieder einmal über die Klugheit seines Freundes gewundert. Doch Dr. Lehmann war noch nicht fertig.

„Genau das hat unsere Bundeskanzlerin auch bei den Flüchtenden gemacht. Sie erinnern sich sicher, dass die Geflohenen verängstigt und verzweifelt vor den Grenzen einiger osteuropäischer Staaten standen, weil sie nicht durchgelassen wurden. Ihre Angst kanalisierte sich in Wut und es gab Ausschreitungen. Die gab es bei uns nie, weil Frau Merkel den bewundernswerten Mut hatte, zu sagen ‚Wir schaffen das'. Können Sie sich daran erinnern?"

Ronny nickte.

„Kurz darauf wurden die Grenzen geöffnet und all die verängstigten, geflohenen Menschen, die auf unsere Hilfe gehofft haben, wurden hereingelassen. Soll ich Ihnen etwas sagen, Ronny? Ich habe nie verstanden, wie man stolz auf sein Land sein kann. Bis zu diesem Moment. Dieser Moment, in dem Frau Merkel das einzig Richtige getan und eine unbedingte Menschlichkeit gezeigt hat. In diesem Moment war ich stolz, dass ich Teil dieses Landes bin, das zu so viel Menschlichkeit und Solidarität fähig ist. In so einem Land gibt es nichts, was mir Angst vor der Zukunft machen könnte. Was auch kommt, wir schaffen das."

# 31

Als Ronny am nächsten Morgen im Bus auf dem Weg zur Arbeit saß, dachte er über das Gespräch am Vorabend nach. Er hatte noch bis tief in die Nacht bei Dr. Lehmann gesessen, um sich von ihm zu verabschieden, denn während Ronny heute bei der Arbeit sein würde, käme die Umzugsfirma und würde Dr. Lehmann schließlich mitnehmen zu seinem neuen Wohnort und seiner neuen Aufgabe. Ronny würde ihn sehr vermissen. Zuerst hatte er Waldi verloren. Nun Dr. Lehmann. Und was mit Denis war, musste er abwarten.

Er hatte noch einige Male versucht, Denis anzurufen, aber es war immer nur die Mailbox zu erreichen gewesen. Vielleicht wusste Herr Wels mehr. In der Druckerei angekommen, ging Ronny sofort zu seinem Vorgesetzten und fragte ihn nach Denis.

„Ich habe vorhin mit seiner Mutter telefoniert.", berichtete Herr Wels, „Sie sagte, es gehe ihm soweit gut, aber er würde mindestens drei Monate ausfallen."

Ronny seufzte. Drei Monate waren für ihn eine halbe Ewigkeit. Aber entscheidend war, dass es seinem Freund einigermaßen gut ging. Er beschloss, nach der Arbeit selbst noch bei Denis Mutter anzurufen und ließ sich von Herrn Wels ihre Telefonnummer geben. Trotzdem wollte er seinen Freund Denis so bald wie möglich im Krankenhaus besuchen. Das war er ihm schuldig.

Nach dem Telefonat fühlte Ronny sich kein bisschen besser. Es war keine gute Idee gewesen, Denis Mutter anzurufen. Nachdem sie endlich begriffen hatte, wer dort mit ihr zu sprechen versuchte, hatte sie ihn lauthals und ausdauernd beschimpft. Ronny hatte immer wieder versucht, sich zu entschuldigen und ihr die Sache zu erklären, doch sie hatte jedes Mal erwidert, er sei schuld daran, dass ihr Sohn beinahe totgeprügelt worden sei. Und wenn Ronny ehrlich zu sich war, dann sah er das eigentlich genauso.

Na klar, er hatte nicht selbst zugeschlagen, aber er hatte die Idee gehabt, bei ihm ein Bier zu trinken. So hatte er Denis überhaupt erst mit in Richtung der beiden Nazis genommen und geholfen hatte er auch nicht. Oder zumindest erst viel zu spät.

Traurig grübelte er zuhause vor sich hin, bis das Klingeln eines Handys ihn aufschrecken ließ. Es war Peggy. Sie wollte sich am Abend mit ihm treffen und würde ihn wieder abholen. Endlich etwas, worauf er sich freuen konnte. Wenig später klingelte sein Handy erneut. Frau Claasen vom Jugendamt.

„Ist alles klar für morgen?", fragte sie.

Ronny überlegte. Morgen? Was sollte denn morgen sein?

„Wovon sprechen Sie?", fragte er zurück.

Plötzlich klang die Stimme von Frau Claasen weniger freundlich.

„Vom Sorgerechtsprozess um Svenja. Morgen um zehn Uhr. Sagen Sie mir jetzt nicht, dass Sie das vergessen haben!", schimpfte sie.

Ronny grübelte einen Moment, aber ihm fiel nichts ein. Woher hätte er davon wissen sollen?

„Das ist mir neu, Frau Claasen. Davon wusste ich nichts." – „Sie sind per Post informiert worden. Ich habe Svenja zuliebe extra ein Eilverfahren beantragt, damit die Sache schnellstmöglich vom Tisch ist." – „Ich habe keine Post bekommen, Frau Claasen, ehrlich nicht."

Ronny hörte, wie Frau Claasen in den Hörer schnaubte.

„Wenn ich für jedes Mal, wo jemand das behauptet, einen Euro bekäme, könnte ich in Rente gehen. Also, morgen, zehn Uhr beim Familienrichter. Kommen Sie pünktlich! Und bringen Sie Ihre Tochter mit!"

Der langgezogene Pfeifton verriet Ronny, dass sie aufgelegt hatte. Er ging in die Küche zu seinem Vater, der dort eine Zeitung las.

„Papa, hast du einen Brief bekommen vom Familiengericht? Die Frau vom Jugendamt hat gerade angerufen. Der Prozess ist schon morgen!"

Sein Vater sah ihn verwundert an.

„Na klar. Den hatte ich dir auf den Küchentisch gelegt, damit du ihn morgens direkt findest. Hast du den nicht bekommen?" – „Nein. Da war kein Brief.", beteuerte Ronny.

Sein Vater sah skeptisch aus. Gemeinsam durchsuchten sie die Küche, doch sie konnten keinen Brief finden.

„Vielleicht haben die Kinder ihn ja gesehen.", überlegte Ronnys Vater, „Ich gehe die beiden mal fragen."

Zwei Minuten später kam er mit einem Brief wedelnd in der Hand wieder in die Küche. Ronny blickte ihn überrascht an.

„Was…?"

Sein Vater legte den Brief vor Ronny auf den Tisch.

„Die Kinder.", antwortete er seufzend, „Sie dachten, dass der Brief dich traurig machen würde und haben ihn dann versteckt, damit du nicht traurig wirst."

Ronny wusste nicht, ob er sauer oder stolz sein sollte. Die beiden hatten es ganz offensichtlich gut gemeint. Aber eben nicht gut gemacht. Er nahm sich vor, ihnen demnächst die Leviten zu lesen. Aber erst nach dem Prozess. Er riss den Brief auf und las ihn. Tatsächlich, am nächsten Tag um zehn Uhr sollte der Prozess stattfinden.

Sofort griff Ronny zum Handy und rief bei Zepter an, doch in der Druckerei war um diese Uhrzeit nur noch der Anrufbeantworter zu erreichen. Er fluchte. Das würde sicher Ärger geben. Vielleicht konnte er sich einfach krankmelden. Für einen Tag brauchte er keinen Krankenschein und vermutlich würde das niemand merken. So würde es zumindest keinen Ärger geben. Er rief erneut bei Zepter an und sprach seinem Vorgesetzten eine Krankmeldung auf den Anrufbeantworter. Eine Sorge weniger. Kurz darauf hupte es unten auf der Straße.

Ronnys Vater, der am Fenster stand, sah hinaus.

„Ein silberner Sportwagen. Sieht teuer aus."

Ronny fluchte erneut. Eigentlich musste er noch mit Svenja über den morgigen Tag sprechen. Aber er wollte Peggy auch nicht versetzen.

„Sag mal, Papa, kannst du mit Svenja über morgen sprechen? Ich werde schon abgeholt. Aber ich komme pünktlich zurück, versprochen."

Sein Vater wurde blass, aber er nickte.

„Klar. Ich mach das schon.", sagte er zögerlich.

Ronny überlegte einen Moment, ob er seinem Vater das wirklich zutrauen konnte, aber dann hupte Peggy unten erneut. Sein Vater würde das schon hinkriegen. Er brauchte jetzt ein wenig Ablenkung nach dem Mist mit Denis und dafür kam ein Date mit Peggy genau richtig.

„Danke, Papa!", sagte er, verabschiedete sich von seinen Kindern und eilte die Treppen hinab.

Unten angekommen stieg er zu Peggy ins Auto.

„Hallöchen!", begrüßte die Rothaarige ihn und fuhr sofort los.

„Wo geht´s denn heute hin?", fragte er.

Sie grinste.

„Irgendwohin, wo wir allein sind…", hauchte sie und drückte das Gaspedal durch.

Wenig später hatten sie die Stadt hinter sich gelassen. Sie legte eine Hand auf seinen Oberschenkel und schob sie langsam nach oben.

„Sag mal, Ronny, was haben denn deine Kollegen gesagt?"

Ronny hatte Mühe, sich auf die Frage zu konzentrieren.

„Was?", fragte er, „Achso, wegen den Maschinen." – „Genau." – „Die meisten sind alt. Der Alte hat schon ein

Angebot eingeholt, um sie austauschen zu lassen, weil sie nicht mehr auf dem aktuellen Stand sind, aber seitdem ist noch nichts passiert.", berichtete Ronny, „Der Kollege meinte, der Alte wolle wohl keine neuen Maschinen kaufen, kurz bevor die ganze Firma verkauft wird."

Er stöhnte auf, als sie ihre Hand plötzlich wieder ans Lenkrad legte.

„Was ist los?", fragte er.

Doch anstatt einer Antwort bremste Peggy scharf ab, fuhr in einen Waldweg und hielt den Wagen nach einigen Metern an.

„Ich mach nicht gerne halbe Sachen…", sagte sie grinsend und kletterte auf seinen Schoß.

Peggy war die perfekte Frau. Er würde alles für sie tun.


Eine Weile später kletterte Peggy wieder auf den Fahrersitz, lehnte sich dann aber rüber und kuschelte sich an seine Schulter.

„Ich bin dir echt dankbar, Ronny", sagte sie, „Die Informationen über die Maschinen helfen mir endlich weiter. Damit wird meine Analyse viel schneller fertig und wir brauchen uns nicht länger verstecken."

Ronny saß erschöpft, aber glücklich auf dem Beifahrersitz und lächelte.

„Kein Problem. Ich würde alles tun, damit wir uns nicht länger verstecken müssen." – „Ehrlich? Du würdest alles für mich tun?" – „Na klar!"

Einen Moment lang schwiegen die beiden. Dann durchbrach Peggy die Stille.

„Du könntest da noch was tun... wenn du wirklich willst... Dann geht alles noch schneller." – „Mach ich. Was denn?", fragte Ronny.

Peggy schien die Antwort unangenehm zu sein. Sie schwieg.

„Jetzt sag schon! Was soll ich tun?", fragte Ronny.

„Naja...", antwortete Peggy, „Weißt du, wenn ich ein paar aktuelle Zahlen hätte, könnte ich sofort meine Analyse schreiben. Aber der Alte rückt damit nicht raus. Er gibt uns nur alte Zahlen und sagt, wenn wir die neuen wollen, sollen wir halt warten, bis sie im Bundesanzeiger auftauchen. Ich war schon so dicht dran... In seinem Büro hat der Alte einen Ordner aus dem Regal genommen, auf dem ‚Bilanz & Kalkulation' steht, mir den vor die Nase gehalten und gesagt, dass die Zahlen, die ich wollte, da drin wären, aber dass er sie mir nicht geben würde. Wenn ich den Ordner hätte oder wenigstens Fotos von den Seiten da drin, dann könnte ich sofort die Analyse schreiben. Und dann könnten wir endlich unsere Liebe offen leben."

Ronny begriff. Er sollte den Ordner für sie stehlen.

„Aber das kann ich doch nicht machen. Das wäre doch Diebstahl, oder?" – „Nicht, wenn du nur Fotos machst. Dann merkt das keiner."

Ronny nickte. Da hatte sie vermutlich recht. Er hatte ja ohnehin immer sein Handy dabei. Nur kurz rein in das Büro, die Fotos machen und schnell wieder verschwinden. Letztlich würde ihm das ja selbst zu Gute kommen und allen seinen Kollegen auch. Damit konnte er sicherstellen, dass Peggys Verlag die Druckerei kaufen würde und damit würde die Druckerei auf Dauer überleben. Die Jobs seiner Kollegen wären gesichert. Auch der Job von Denis. Damit könnte er vielleicht alles wieder geraderücken und sich bei ihm entschuldigen. Auf jeden Fall würde er Denis damit einen Riesengefallen tun. Er konnte endlich das Richtige tun. Begeistert nickte er schließlich.

„Gut, ich mach´s. Aber wie komme ich ins Büro?" – „In der Frühstückspause wird das klappen. Der alte Zepter ist dann ganz sicher schon da. Dann rufe ich ihn an und bitte ihn, etwas im Archiv für mich nachzuschauen. Ich sage ihm einfach, ich wäre gegen den Kauf und ich bräuchte noch ein paar alte Daten, um die Analyse dementsprechend zu schreiben. Dann wird er mir helfen wollen. Sein Büro lässt er dann offen, weil die Sekretärin sonst später nicht reinkommt, die immer nach der Frühstückspause seine Post reinbringt. Das macht sie jeden Tag, ich habe es schon ein paar Mal erlebt. Wenn er rausgeht, gehst du rein und machst die Fotos. Und beeil dich. Du hast nur die Frühstückpause, bevor die Sekretärin auftaucht."

Ronny musste nicht länger darüber nachdenken. Dieses Mal würde er das Richtige tun. Aber noch nicht morgen.

„Okay, ich mach das. Aber morgen wird das noch nichts. Da gehe ich nicht arbeiten. Morgen ist der Sorgerechtsprozess wegen meiner Tochter."

Peggy sah einen Moment lang nicht besonders begeistert aus, als er das gesagt hatte. Doch dann kehrte ihr Lächeln zurück.

„Na klar, das ist doch auch viel wichtiger. Dann eben übermorgen.", sagte Peggy schnell und kletterte wieder auf seinen Schoß.

„Noch mal?", hauchte sie ihm ins Ohr.

Ronny nickte eilig. So konnte er wenigstens den morgigen Prozesstag noch eine Weile vergessen.

# 32

Am nächsten Morgen war Ronny bereits sehr früh auf den Beinen. Auch wenn er doch später nach Hause gekommen war, als er es eigentlich geplant hatte, konnte er lange nicht einschlafen und war dann am Morgen nach wenigen Stunden unruhigen Schlafes aufgestanden. Sein Vater war ebenfalls schon auf den Beinen.

„Soll ich uns heute frische Brötchen holen? Zur Stärkung?"

Ronny nickte.

„Gute Idee. Bring für Svenja ein Schoko-Croissant mit, das mag sie am liebsten. Vielleicht tut ihr das heute ganz gut."

Sein Vater griff nach einer Tasche und seiner Jacke und verließ möglichst leise die Wohnung. Trotzdem waren kurz darauf auch Svenja-Chantal und Kevin-Ricardo auf den Beinen. Beide sollten mitkommen, hatten Ronny und sein Vater überlegt, um zu zeigen, dass sie gerne zusammenbleiben wollten. Ronny hatte Kevin-Ricardo deshalb erlaubt, zuhause zu bleiben. Er würde später mit dem Lehrer telefonieren und dann würde das schon klappen. Im Gegensatz zu vielen anderen Kindern in seiner Klasse ging Kevin-Ricardo immerhin regelmäßig zum Unterricht.

Zusammen mit den Kindern deckte Ronny den Frühstückstisch und dann warteten sie gemeinsam auf die Brötchen. Ronny wunderte sich allmählich, wo sein Vater blieb, denn so weit war es bis zur Bäckerei nicht und lange warten musste man da eigentlich auch nie. Er überlegte kurz, wann er das letzte Mal ein Brötchen von der Bäckerei gegessen hatte.

Das musste ewig her sein. Als sein Vater noch nicht hier gewesen war, hatten sie sich diesen Luxus nie leisten können. Eigentlich war sein Umzug optimal gelaufen. Ein Freund von seinem Vater, der schon lange mit seiner Frau im Clinch lag, hatte die Wohnung samt Möbeln und sogar inklusive der Modelleisenbahn spontan übernommen und dafür ordentlich gezahlt. Außerdem bekam sein Vater eine kleine Rente und nun konnten sie sich auch mal etwas gönnen – so wie frische Brötchen an diesem Tag. Doch wo blieb sein Vater?

Ronny ging zum Fenster und sah hinaus, doch er konnte seinen Vater nicht sehen. Plötzlich klingelte es an der Tür. Svenja-Chantal flitzte sofort los, um zu öffnen, während Ronny in der Küche wartete. Wahrscheinlich hatte sein Vater den Schlüssel vergessen. Doch es war nicht sein Vater. Die Stimme war weiblich und ihm vertraut. Er schaute durch die Küchentür und sah dort Mandy stehen.

„Ronny, schnell, du musst mitkommen! Dein Vater, der ist angefahren worden!"

Sofort rannte Ronny los, die Treppen abwärts, aus der Haustür und in Richtung der kleinen Bäckerei, die ein paar hundert Meter stadteinwärts an der Straße lag. Schon von Weitem sah er das Blaulicht der Einsatzfahrzeuge flackern, die die Straße sperrten. Er schlug sich durch die Zuschauer, die – wie schon bei Denis – von der Polizei zurückgehalten wurden. Er sah, wie sein Vater gerade auf der Trage in den Krankenwagen geschoben wurde.

Nachdem er dem Polizisten versichert hatte, dass es sein Vater war, der dort gerade in den Krankenwagen geladen wurde, ließ man ihn schließlich durch und er stürzte zum Krankenwagen. Der Fahrer war soeben dabei, die Türen zu schließen.

„Warten Sie!", rief Ronny, „Das ist mein Vater!" – „Dann springen Sie rein, wir müssen los.", antwortete der Fahrer, ließ Ronny einsteigen und schloss dann die Türen.

Nun stand Ronny im Inneren des Krankenwagens. Vor ihm auf der Liege lag sein Vater. Er sah schrecklich aus. Sein Gesicht war blutig und zugeschwollen, aus seinem Mund guckte ein Schlauch heraus, während einer der Sanitäter ihn mit einer kleinen Pumpe beatmete. Um seinen Hals hatte man eine Manschette gelegt, die Ronny schon häufiger im Fernsehen gesehen hatte. Die Kleidung seines Vaters hatte man den Bauch entlang zerschnitten und kleine Plättchen mit Kabeln angeschlossen, die zu einem piepsenden Monitor führten. Ronny war wie gelähmt.

„Hinsetzen und anschnallen!", wies ihn der Rettungsassistent an und zeigte auf einen Klappsitz.

Noch bevor Ronny den Gurt befestigt hatte, setzte sich der Krankenwagen mit jaulendem Martinshorn in Bewegung. Nun drehte sich die andere Person, die seinen Vater behandelte, zu Ronny um. Es war eine blonde Frau Mitte Dreißig, ihr Gesicht zeigte deutlich Besorgnis.

„Sie sind der Sohn?", fragte sie Ronny.

Er nickte.

„Ich bin Dr. Schnieders, die Notärztin. Ihr Vater ist angefahren worden. Seine Hüfte ist gebrochen, einige Rippen auch, aber mehr Sorgen macht mir sein Kopf. Ich vermute, dass einige Halswirbel beschädigt sind und sein Schädel ist vermutlich auch gebrochen."

Sie schwieg einen Moment.

„Gibt es etwas aus der medizinischen Geschichte Ihres Vaters, was ich wissen sollte? Medikamentenallergien, frühere Operationen oder Ähnliches?", fragte sie.

Ronny überlegte. Über so etwas hatten sie nie gesprochen.

„Ich... ich weiß es nicht...", sagte er mit brüchiger Stimme.

Plötzlich begann es zu piepsen und Ronny bemerkte, wie die Ärztin und ihr Helfer hektisch wurden. Ronny wurde übel. Aus dem Mund seines Vaters sah er ein widerliches Gemisch aus Blut und Speichel laufen, während sich der ganze Körper seines Vaters verkrampfte. Dann wurde ihm schwarz vor Augen.

Als Ronny wieder erwachte, hatten seine Augen zunächst Mühe, sich an die Helligkeit zu gewöhnen.

Nach einer Weile erwachte langsam auch sein Verstand und er begriff, dass er im Krankenhaus war. Und dass er brutale Kopfschmerzen hatte. Nach und nach erinnerte er sich an die Fahrt im Krankenwagen und den Unfall seines Vaters. Papa!

Ruckartig setzte Ronny sich auf und sofort wurde ihm so schwindlig, dass er sich wieder hinlegen musste. Panisch sah er sich um und fand schließlich den roten Knopf. Kurz darauf kam eine Krankenschwester in sein Zimmer.

„Ach, Sie sind aufgewacht. Sehr gut. Sie sind im Krankenhaus. Können Sie mich verstehen?", fragte sie. Ronny nickte.

„Sie sind im Krankenwagen umgekippt und haben sich dabei den Kopf aufgeschlagen. Der Arzt sagte, Sie hätten wohl noch eine unbehandelte, recht frische Platzwunde gehabt, die sofort aufgebrochen ist.", klärte Sie ihn auf.

Ronny hob langsam die Hand und winkte ab, um ihr klarzumachen, dass er etwas sagen wollte.

„Was…Papa?", krächzte er mühsam.

„Ihr Vater ist noch im OP, dazu kann ich nichts sagen. Tut mir leid.", sagte sie, „Aber Sie sollten jetzt versuchen, etwas zu schlafen. Das ist für Ihren Kopf das Beste. Ich werde Sie wecken, wenn es etwas Neues von Ihrem Vater gibt." – „Warten Sie!", presste Ronny mühsam heraus, „Meine Kinder…"

Die Schwester schien zu verstehen und nickte.

„In welche Schule gehen Ihre Kinder? Soll ich dort anrufen?"

Schule. Nein, Moment, die Kinder waren doch zuhause. Heute war doch der Prozess. Der Prozess! Ronny fluchte stumm. Als Antwort auf die Frage der Schwester wollte er den Kopf schütteln, doch das war keine gute Idee. Der Schmerz in seinem Kopf explodierte schon bei der ersten Bewegung und vor seinen Augen wurde es erneut schwarz.

Als Ronny erneut erwachte, war es draußen bereits dunkel. Dieses Mal schmerzte sein Kopf weit weniger und er brauchte auch nicht mehr so lange, um zu verstehen, wo er war und was passiert war.

Zuerst fiel ihm sein Vater ein. Wie mochte es ihm gehen? Vorsichtig hob er den Kopf und bewegte ihn dann langsam ein wenig. Keine Schmerzen, kein Schwindel. So weit, so gut. Er blickte neben sich. Dort lagen zwei alte Männer und schnarchten laut. Wieder griff er nach dem roten Knopf und wartete, bis jemand kam.

Dieses Mal war es ein junger Pfleger, der vorsichtig und leise ins Zimmer kam.

„Was gibt´s?", fragte er leise.

„Mein Vater. Wie geht´s ihm?"

Ronny sah, wie der Pfleger kurz den Mund öffnete und danach wieder schloss. Dann öffnete er ihn erneut.

„Ähm… also… Ihr Vater…", stammelte der junge Mann, „Er ist… verstorben. Die Kopfverletzungen waren zu schwer… Tut mir leid."

# 33

Drei Stunden später stand Ronny wieder vor der Tür seiner Wohnung. Er hatte sich entgegen des ärztlichen Rates selbst entlassen. Er konnte nicht länger an dem Ort sein, an dem sein Vater gestorben war. Es war völlig unbegreiflich. Dieser Mann war immer da gewesen. Ja, sie hatten zwischendurch kein besonders gutes Verhältnis zueinander gehabt. Aber gerade seit Ramona endlich weg war, hatten sie zueinander gefunden. Und nun war er weg. Fort. Für immer. Unerreichbar. Und er, Ronny, blieb allein mit den Kindern zurück. Die Kinder!

Er schloss die Wohnungstür auf. Wie er es erwartet hatte, war es dunkel. Hoffentlich war Mandy bei den Kindern geblieben. Er ging leise durch den Flur. Vor dem Zimmer von Svenja-Chantal machte er Halt und öffnete vorsichtig die Tür. Im Lichtschein, der vom Flur aus ins Zimmer schien, konnte er das Bett erkennen. Es war leer.

Ronny stutzte. Er ging zu Kevin-Ricardos Zimmer. Auch dessen Bett war leer. Ebenso sein eigenes, in dem zuletzt sein Vater geschlafen hatte. Und auch im Wohnzimmer und in der Küche war niemand. Wo waren die Kinder?

Ronny eilte die Treppe herunter zu Mandys Wohnung. Dort angekommen drückte er immer wieder die Klingel. Dann hämmerte er mit der Faust gegen die Tür.

„Mandy!", rief er.

Nach einer Weile machte ihm eine verschlafen aussehende Mandy im Bademantel die Tür auf.

„Pscht!", zischte sie. „Du weckst ja das ganze Haus auf." – „Wo sind meine Kinder?", fragte er hektisch.

„Ssscht!", war erneut ihre Antwort.

Sie zog ihn hinter sich her in die Küche, schloss dort die Tür und befahl ihm, sich hinzusetzen.

„Ronny, beruhig dich erst mal! Du musst leise sein, ich hab einen Kunden da. Sobald der aufwacht, haut der ab und dann krieg ich weniger Kohle.", sagte Mandy.

Als sie sich hinsetzte, sah Ronny, dass sie nichts unter dem Bademantel trug. Er verzog das Gesicht.

„Wo sind die Kinder?" – „Weg.", antwortete Mandy mit genervt klingender Stimme, „Die Frau vom Jugendamt war da, zusammen mit zwei Bullen, und die haben beide mitgenommen."

Ronny sprang auf.

„Was?", rief er.

Plötzlich waren die Kopfschmerzen wieder da und er sank zurück auf den Stuhl.

„Ja, das war alles Mist. Die wollten Svenja holen. Haben irgendwas von einem Prozess gefaselt und mir so einen Wisch unter die Nase gehalten, wo draufstand, dass sie das dürfen. Und dann hat Svenja geheult, gebrüllt und um sich geschlagen. Einer der Polizisten hat sie dann gepackt und festgehalten. Kevin ist dann auf ihn los, mit einem Messer aus der Küche. Kein scharfes, nur so eins zum Brot schmieren. Aber dann haben die ihn auch mitgenommen. Keine Ahnung wohin.", berichtete sie.

Ronny sank noch tiefer in sich zusammen. Nun waren die Kinder weg. Beide. Seine Kinder. Sein ein und alles. Wie hatte das nur passieren können? Er musste unbedingt mit Frau Claasen sprechen.

„Ich hab die ganze Zeit versucht, dich anzurufen.", sagte Mandy, „Wo haste denn dein Handy?" – „Oben.", antwortete Ronny kurz, „Hab´s nicht mitgenommen, als ich gestern rausgelaufen bin." – „Und wie geht´s deinem Vater?" – „Tot." – „Scheiße.", seufzte Mandy und legte eine Hand auf seinen Arm, „Mensch Ronny, das tut mir echt leid. So eine Scheiße."

Ronny stand langsam auf. Sein Schädel dröhnte. Ohne ein weiteres Wort zu Mandy ging er aus der Wohnung, stieg die Treppe hinauf zu seiner Wohnung und suchte nach den Tabletten, die der Pfleger ihm mitgegeben hatte. Nachdem er zwei davon eingeworfen und mit einem Glas Wasser heruntergespült hatte, ließ er sich auf das ockerfarbene, gefleckte und durchlöcherte Sofa fallen.

Ein paar Minuten lag er nur da. Atmend. Einatmen. Ausatmen. Einatmen. Ausatmen. Allmählich wurde das Dröhnen in seinem Kopf leiser und verstummte schließlich ganz. Sein Handy lag neben dem Sofa auf dem Boden. Er griff danach und rief Frau Claasen an, doch erwartungsgemäß war sie um diese Uhrzeit nicht mehr zu erreichen. Was sollte er bloß tun? Die Kinder waren weg, sein Vater tot, Dr. Lehmann weggezogen, Mandy hatte Kundschaft. Er musste dringend mit jemandem reden, doch mit wem?

Peggy fiel ihm ein. Sein Handy verriet ihm, dass sie abends versucht hatte, ihn anzurufen. Er beschloss, sie anzurufen. Nach einer gefühlten Ewigkeit hörte er endlich ihre Stimme, die allerdings sehr verschlafen klang.

„Ja?" – „Hey Peggy, ich bin´s. Tut mir leid, dass ich so spät noch anrufe, aber... es ist gerade alles scheiße... ich... mein Vater ist tot. Und die Kinder, sie sind weg. Und..." – „Warte mal.", unterbrach sie ihn.

Er hörte ein Rascheln und das Quietschen einer Tür.

„So, jetzt.", sagte sie, „Was ist passiert?" – „Mein Vater ist tot. Er hatte einen Autounfall. Und die Kinder sind weg. Das Jugendamt hat sie mitgenommen." – „Oh Mann... war nicht heute der Prozess? Wie ist es gelaufen?" – „Keine Ahnung, ich war im Krankenhaus. Peggy, mir geht´s echt scheiße. Kannst du vorbeikommen?", fragte er flehend.

Einen Moment lang war nichts zu hören.

„Hm...", antwortete Peggy langsam, „Ronny, das mit deinem Vater tut mir echt leid. Und das mit den Kindern. Aber jetzt gerade ist es echt schlecht. Ich bin... ähm... unterwegs. Beruflich."

Enttäuscht ließ Ronny den Kopf hängen.

„Aber...", setzte sie fort, „Vielleicht können wir uns morgen treffen? Wenn du morgen die Fotos in Zepters Büro gemacht hast, könnte ich dich abends abholen. Du darfst mir die auf keinen Fall mailen oder sowas. Aber ich brauch die wirklich dringend, weißt du ja. Ich hol dich ab und dann gibst du mir das Handy oder die

Speicherkarte oder so und dabei reden wir in Ruhe, okay?"

Ronny seufzte. Die Arbeit. Das hatte er schon völlig verdrängt. Aber er wollte Peggy unbedingt sehen. Er musste sie sehen. Sie war die Einzige, die ihn nun noch trösten konnte. Das Glühwürmchen in diesem verdammt dunklen Tunnel. Schließlich willigte er ein.

„Okay. Peggy, du fehlst mir wirklich sehr." Stille. Dann ein Räuspern. Im Hintergrund konnte Ronny eine Stimme hören. Eilig antwortete Peggy ihm.

„Gut, dann bis Morgen!", flüsterte sie und legte schnell auf.

Ronny wunderte sich. Sonst sagte Peggy oft sehr liebe Sachen zu ihm. Und nun, wo er es dringend brauchen konnte, sagte sie nichts? Was war bloß los? Wieso war seine Welt so sehr aus den Fugen geraten?

# 34

Am nächsten Morgen nahm Ronny wieder zwei Schmerztabletten, damit sich die Kopfschmerzen und der Schwindel legten. Als das Zimmer um ihn herum sich nicht mehr drehte, stand er auf, bereitete wie üblich sein Frühstück vor, ging zum Bus und fuhr zur Arbeit.

Dort ging er wie jeden Tag zu seinem Arbeitsplatz und verteilte die Pakete mit dem Papier. Doch an diesem Tag war etwas anders.

Er war nervös, ob Peggys Plan klappen würde. Aber da war noch etwas Anderes. Wenn er sonst das Papier verteilte, schwatzte er häufig noch mit den Kollegen, die er unterwegs traf. Aber heute sprach niemand mit ihm. Nicht einmal grüßen konnten die Kollegen heute. Was war hier los? Schließlich fuhr Ronny zu Günther, stellte sich vor ihn hin und fragte ihn, was hier los sei. Günther schien sich sehr unwohl zu fühlen und zögerte.

„Jetzt sag schon, Günther, was ist hier los, verdammt? Warum sind alle so komisch heute?"

Günther seufzte, holte noch einmal tief Luft und sah Ronny dann direkt an.

„Es ist wegen Denis. Hat sich rumgesprochen, was passiert ist. Dass du ihm nicht geholfen hast, weil du Schiss hattest, und einfach abgehauen bist. Denis ist zwar ein ziemliches Großmaul, aber er ist doch im Kopf noch ein Kind. Und er ist unser Kollege. Jetzt ist er schwer verletzt und monatelang weg. Das ist deine

Schuld. Und das weiß hier auch jeder. So. Jetzt weißt du´s. Und jetzt mach, dass du wegkommst."

Ronny war kommentarlos wieder in seinen Wagen gestiegen und zurück ins Papierlager gefahren. Die Kollegen hassten ihn. Und das zu Recht. Er hatte Denis im Stich gelassen. Aber was hätte er sonst tun sollen? Auf diese Frage wusste Ronny keine Antwort. Aber er wusste, wie er seinen Fehler wieder ausbügeln konnte. Er musste nur Peggy die Zahlen liefern. Dann würde der Verlag die Druckerei kaufen und alles blieb, wie es war. Alle konnten ihre Jobs behalten. Auch Denis. Dieser Gedanke beflügelte ihn und seine Nervosität verschwand. Als es endlich Zeit für die Frühstücks-pause war, lief er nicht wie sonst in den Pausenraum. Die Kollegen hätten ihn da heute bestimmt sowieso nicht haben wollen.
Stattdessen lief er zielstrebig zu Zepters Büro. Dort war alles, wie Peggy es vorhergesagt hatte. Die Sekretärin saß nicht an ihrem Platz, die Tür zum Büro des Alten war nicht verschlossen und der Ordner stand genau da, wo Peggy gesagt hatte. Ronny zog ihn aus dem Regal, schlug ihn auf, zog sein Handy aus dem Blaumann und begann, jede einzelne Seite zu fotografieren. Auf jeder Seite standen Unmengen von Zahlen und Worten, die Ronny nicht verstand. Aber das war auch nicht seine Aufgabe. Darum würde sich Peggy kümmern. Er musste nur Fotos machen. Und das tat er.
Mehr als die Hälfte – achtzehn Bilder- hatte er schon erledigt. Neunzehn. Zwanzig. Die nächsten zwei Seiten

waren nur leere Blätter. Die würde Peggy sicherlich nicht brauchen. Dreiundzwanzig. Vierundzwanzig. Wieder eine leere Seite. Sechsundzwanzig. Siebenundzwanzig. Noch zwei leere Seiten. Dreißig. Und die letzte.

„Was immer Sie da suchen, das hätten Sie auch im Bundesanzeiger nachlesen können. Und jetzt packen Sie sofort Ihren Mist zusammen und fahren nach Hause."

Ruckartig drehte sich Ronny um. In der Tür stand Herr Wels, sein Vorgesetzter. Und hinter ihm stand Herr Zepter Senior, der Chef. Panik ergriff von Ronny Besitz. Eilig rannte er los, vorbei an den beiden, raus aus der Druckerei und einfach nur weg. Erst als ihm die Luft wegblieb, blieb er schließlich zwangsläufig stehen. Keuchend. Japsend. Und noch immer panisch. Man hatte ihn erwischt. Herr Wels hatte ihn erwischt. Und der Alte auch. Natürlich hatten sie ihn sofort gefeuert. Es war schief gegangen. Wie konnte das bloß passieren? Hatte er zu lange gebraucht? Er nahm sein Handy aus der Tasche und rief Peggy an.

„Peggy, sie haben mich erwischt." – „Was?" – „Ja, beim Fotos machen. Mein Vorarbeiter kam rein, zusammen mit dem Alten." – „Hast du die Fotos?" – „Ja, bis auf die letzte Seite hab ich alles." – „Okay. Mach dir keinen Kopf, das regelt sich alles. Ich hol dich in zwei Stunden bei dir zuhause ab, dann klären wir das.", sagte sie und legte direkt auf.

Ronny fühlte sich etwas überfahren, aber letztlich erleichtert. Er hatte seinen Auftrag erfüllt, die Druckerei und vor allem Denis würde gerettet. Und Peggy sagte, es würde sich alles regeln. Klar, er hatte seinen Job verloren, aber sie würde das schon für ihn machen. Sie hatte einen guten Job bei einem großen Unternehmen, da würde sie für ihn sicherlich eine neue Arbeit haben.

Langsam schlenderte er zur nächsten Bushaltestelle und stieg in den Bus nach Hause. Von dort würde er Frau Claasen anrufen. Bestimmt würde sich auch das Problem regeln lassen. Irgendwie.

Zuhause angekommen setzte er seinen Plan sogleich in die Tat um und rief Frau Claasen an. Dieses Mal erreichte er sie sofort. Sie schien wütend zu sein und schimpfte, weil er nicht zum Prozess erschienen war. Ronny wartete, bis sie endlich fertig war und erklärte ihr, was gestern passiert war. Dass sein Vater einen Unfall hatte und er mit ihm ins Krankenhaus gefahren war. Dass er dabei selbst einen Unfall gehabt hatte. Und dass sein Vater schließlich verstorben war. Das schien sie etwas zu besänftigen.

„Es tut mir wirklich sehr leid, was Ihnen da passiert ist. Hätten wir gewusst, dass Sie im Krankenhaus sind, hätten wir den Richter sicherlich bitten können, den Prozess zu vertagen. Aber Sie hätten ja wenigstens Ihren Anwalt schicken können."

Einen Anwalt. Daran hatte Ronny überhaupt nicht gedacht.

„Ich… äh… also ich habe keinen… Anwalt.", stammelte er und hörte, wie Frau Claasen seufzte.

„Ohne Anwalt hätten Sie bei dem Prozess nicht die geringste Chance gehabt. Das hätte Ihnen doch klar sein müssen. Nun. Das ist nun nicht mehr ändern. Svenja-Chantal ist jetzt bei ihrem leiblichen Vater und dort wird sie auch bleiben, das Urteil ist rechtskräftig."

Ronny schluckte. Svenja war nicht bei ihrem Vater. Sie war bei ihrem Erzeuger. Aber wo war Kevin?

„Und was ist mit Kevin? Wo ist er?" – „Er hat einen Polizisten angegriffen. Mit einem Messer. Und danach hat er im Auto wild um sich geschlagen und gebissen. Wir haben ihn zurück in die Wohngruppe gebracht, in der er schon vor drei Wochen untergebracht war, doch dort hat er weiter randaliert und die anderen Kinder angegriffen. Wir mussten ihn am Ende in die Kinder- und Jugendpsychiatrie bringen. Dort ist er jetzt noch und wird dort sicherlich auch noch eine Weile bleiben müssen." – „Das ist ja furchtbar!", sagte Ronny, gleichermaßen geschockt wie empört.

„Und danach?", fragte er.

„Danach… ja. Wie Sie wissen, gab es damals einige Bedingungen dafür, dass der Junge zu Ihnen zurück darf. Eine davon war, dass immer jemand da ist, der sich um ihn kümmert. So leid mir Ihr Verlust tut, aber Ihr Vater kann das jetzt nicht mehr." – „Aber ich kann es!", unterbrach Ronny.

„Aber Sie haben doch einen Job.", widersprach Frau Claasen.

„Nein, nicht mehr. Ich wurde heute… äh… also ich habe heute gekündigt."

Ronny hörte ein tiefes Seufzen von Frau Claasen, bevor sie antwortete.

„Auch das noch. Als hätten Sie nicht genügend Probleme. Die Polizisten haben mir von der Gewalttat erzählt, mit der sie zu tun hatten. Denken Sie ernsthaft, unter solchen Umständen würde ich die Empfehlung aussprechen, dass der Junge, der offensichtlich stark traumatisiert und gewaltbereit ist, zu Ihnen zurückkommt? Wenn Sie möchten, dass Kevin nach seiner Therapie zurück zu Ihnen kommt, dann sollten Sie Ihr Leben auf die Reihe kriegen. So, wie es jetzt ist, wird der Junge lieber in unserer Obhut bleiben. Das ist besser für ihn."

# 35

Nachdem er schon aufgelegt hatte, saß Ronny noch immer eine ganze Stunde lang bewegungslos auf dem Sofa. Er konnte es nicht fassen. Kevin-Ricardo, sein lieber, guter Junge, saß in der Psychiatrie. Und seine süße Tochter war nun bei einem anderen Mann und musste dort leben. Sein Vater war tot. Seine Kollegen hassten ihn. Oder vielmehr Ex-Kollegen. Denn rausgeflogen war er ja auch noch. In der Zwischenzeit hatte seine Leiharbeitsfirma auch schon angerufen. Auch dort war er fristlos gekündigt. Außerdem blühte ihm noch eine Anzeige wegen irgendwas mit Spionage. Freunde hatte er auch keine mehr. Nun blieb ihm nur noch Peggy. Hoffentlich würde sie bald hier sein. Er wusste nicht einmal mehr, wie er sich fühlen sollte. Es war, als hätte sich die ganze Welt gegen ihn verschworen. Außer Peggy.

Sie würde das für ihn regeln. Vielleicht nicht alles, aber mit ihr zusammen konnte er – wie hatte Frau Claasen das gesagt? – sein Leben auf die Reihe kriegen. Und dann würde Kevin zu ihm zurückkommen. Und mit Peggys Gehalt würden sie auch nicht länger in der Gosse leben müssen. Er würde seinem Sohn etwas zu bieten haben. Und auch seiner Tochter, wenn er sie mal besuchen würde oder sie ihn. Und er selbst würde so glücklich sein wie nie in seinem Leben, denn dann konnte er endlich seine Liebe zu Peggy ausleben. Völlig ausleben. Mit ihr zusammen würde er über den Verlust seines Vaters irgendwie hinwegkommen. Peggy war der Schutzengel, der ihn aus diesem Loch herausholen würde.

Als es endlich klingelte, eilte Ronny euphorisch zur Tür. Er wollte Peggy zur Begrüßung einen Kuss geben, doch sie sagte nur entschuldigend, dass sie Hunger habe und wedelte mit einer mitgebrachten Plastiktüte.
„Sushi.", sagte sie.
Ronny war neugierig. Er hatte noch nie Sushi gegessen. Aber er wollte nicht mit ihr in die Wohnung. Die leere Wohnung deprimierte ihn.
„Lass uns auf´s Dach gehen.", schlug er vor, „Da ist es echt schön, ich geh häufig da hoch."
Peggy zog eine Augenbraue hoch, nickte aber schließlich, hängte ihre Aktentasche über die Schulter und folgte ihm die Treppen hinauf. Ronny hatte noch eine Decke mitgenommen, die er auf dem Dach ausbreitete. Nachdem sie das Essen darauf ausgepackt hatten, ergriff Peggy das Wort.
„Hast du die Fotos?"
Ronny nickte und reichte ihr sein Handy. Sie zog einen Laptop aus ihrer Tasche und verband ihn per Kabel mit dem Handy. Ronny berichtete in der Zwischenzeit von den Schicksalsschlägen der letzten Tage. Von Denis und der Reaktion der Kollegen. Vom Unfall seines Vaters. Vom Telefonat mit Frau Claasen. Und von seinem Rausschmiss bei der Druckerei und der Leiharbeitsfirma. Während er redete, nickte Peggy

immer wieder, wandte ihren Blick aber nicht vom Bildschirm ab. Ronny war sich unsicher. Hörte sie ihm überhaupt zu? Er stockte und schwieg schließlich ganz. Nach einer Weile sah Peggy ihn an.

„Ja, das ist echt blöd gelaufen alles. Aber sag mal, sind das alle Fotos?" – „Ja, wieso? Fehlt was?" Peggy seufzte.

„Ronny, die Bilanzen, die du fotografiert hast, sind alt. Das sind die von vor fünf Jahren. Damit kann ich nichts anfangen, die habe ich schon."

Ronny war wie vom Donner gerührt. Alt? Aber es waren doch genau die, die Peggy ihm beschrieben hatte. Genau der passende Ordner an genau der besprochenen Stelle.

„Peggy... ich... das tut mir leid!", stammelte er, „Aber es war genau der Ordner, von dem du gesprochen hast."

Peggys Mund verzog sich zu seinem Strich.

„Tja.", sagte sie nur.

Dann stand sie auf.

„Was ist los?", fragte Ronny sie, „Wo willst du hin?"

War sie etwa sauer auf ihn?

„Peggy, bitte, sei mir nicht böse. Ich liebe dich!", sagte er flehend.

„Tja.", antwortete sie wieder, „Das ist jetzt echt blöd." – „Warum?" – „Weil du erwischt wurdest. Und rausgeschmissen. Damit kommst du an die Daten nicht mehr ran." – „Das tut mir auch wirklich leid!", beteuerte Ronny, „Aber wir kriegen das schon irgendwie anders hin. Wir kriegen doch alles hin. Zusammen!"

Den Blick, den sie ihm nun zuwarf, hatte er noch nie bei ihr gesehen. Sämtliche Wärme und Liebe war aus ihren Augen verschwunden.

„Nein, Ronny. Du hast versagt. Und du bist rausgeflogen.", sagte sie, „So nützt du mir überhaupt nichts mehr."

Zügigen Schrittes ging sie in Richtung Treppenhaus.

„Adieu, Ronny.", waren ihre letzten Worte, bevor sie aus Ronny Blickfeld verschwand.

Ronny verstand zuerst nicht, was hier geschehen war. Peggy, sein Schutzengel, war gegangen. Wie konnte sie das tun? Sie wollte doch alles regeln. Sie sollte ihn aus seinem Loch holen. Sie war seine letzte Hoffnung gewesen. Und nun war sie weg. Warum nur? Sie hatten sich geliebt. Sie hatten ihre gemeinsame Zukunft geplant. Und nun ging sie, nur wegen ein paar falscher Zahlen?

Ronny ging langsam zur Kante des Dachs und blickte hinab. Er sah, wie Peggy dort in ihren Sportwagen stieg und mit viel Tempo davonfuhr. Allmählich begriff er. Sie hatte ihn nicht geliebt. Sie hatte ihn benutzt, um an Informationen über die Druckerei zu kommen. Sie hatte nie wirklich an eine gemeinsame Zukunft gedacht. Sie hatte ihn nie geliebt. Sie war nicht sein Schutzengel. Er war auf sie hereingefallen. Hatte alles für sie getan. Alles geopfert. Und nun war sie weg. Alle waren sie weg. Seine Kinder, sein Vater, seine Freunde, seine Peggy. Er war ganz allein. Und wieder einmal stand er, Ronny, auf dem Dach seines Hauses und blickte hinab. Dann sprang er.